# ほまれの指

小料理のどか屋 人情帖17

倉阪鬼一郎



時代小説
二見時代小説文庫

# ほまれの指——小料理のどか屋人情帖17

目次

## ほまれの指　小料理のどか屋 人情帖17・主な登場人物

時吉《ときち》……のどか屋のあるじ、元は大和梨川藩藩士・磯貝徳右衛門《いそがいとくえもん》。

おちよ……時吉の女房。時吉の師匠、長吉《ちょうきち》の娘。

長吉……浅草は福井町でその名の通り、長吉屋という料理屋を営む、時吉の師匠。

大橋季川《おおはしきせん》……季川は俳号。のどか屋の常連。おちよの俳句の師でもある。

千吉《せんきち》……時吉、おちよの長男。生まれつき足が不自由ながらすくすくと育つ。

青葉清斎《あおばせいさい》……皆川町に住む本道（内科）医。時吉に薬膳を教える。

寅次《とらじ》……岩本町の頃よりののどか屋の常連。三代にわたり湯屋を営む。

安東満三郎《あんどうみつさぶろう》…隠密仕事をする黒四組のかしら。甘いものに目がない、のどか屋の常連。

富八《とみはち》……野菜棒手振《ぼてふ》りを生業《なりわい》とする源兵衛店の店子《たなこ》。のどか屋に野菜を卸《おろ》す。

信五郎《しんごろう》……馬喰町の力屋という飯屋のあるじ。のどか屋にいた猫が棲みついている。

信兵衛《しんべえ》……旅籠の元締め。消失したのどか屋を横山町の旅籠で再開するよう計らう。

おそめ……先の大火で両親を亡くす。父は腕の立つ船大工だった。

おしん……母と弟を相次いで亡くし、父の帰りを待ちながらのどか屋で働く。

初次郎《はつじろう》……おしんの父。版木職人だったが親方に鑿《のみ》をむけてしまい江戸から姿を消す。

多助《たすけ》……浅草の美濃屋の手代。大火で両親を亡くす。おそめと恋仲になる。

万年平之助《まんねんへいのすけ》…影御用の隠密廻り同心。のどか屋で「幽霊同心」と綽名《あだな》されてしまう。

# 第一章　謎の豆腐汁

## 一

「あっ、帰ってきたかしら」

見世《みせ》の表の気配を察して、おちよが頭を上げた。

横山町《よこやまちょう》の旅籠《はたご》付き小料理屋のどか屋は、ちょうど中休みに入っていた。

長逗留《ながとうりゅう》の客を除けば、泊まりの者は昼までに出立《しゅったつ》する。昼の膳が終われば、今日の旅籠の客や腰を落ち着けて酒肴《しゅこう》を味わう常連が入ってくるまで、束の間の凪《なぎ》のような時が来る。

「おう、声が聞こえるな」

厨《くりや》からおちよに声をかけたのは、のどか屋のあるじの時吉《とききち》ではなかった。

時吉の料理の師匠で、おちよの父でもある長吉《ちょうきち》だった。浅草《あさくさ》の福井町《ふくいちょう》で長吉屋を営む古参の料理人だが、今日は見世が休みだ。かわいい孫の千吉《せんきち》の顔を見るために長吉がのどか屋を訪れるのは、そう珍しいことではない。

声がだんだん近づいてきた。

「おう、その調子だ」

父の時吉の声に、

「こうね」

と、千吉が答える。

「お帰りなさい」

おちよが出迎えた。

「あっ、おかあ、千ちゃんの足、ずいぶんよくなったって」

千吉が笑顔で伝えた。

「そう。それは良かったわね」

おちよの顔もほころぶ。

「名倉《なぐら》の若先生も太鼓判を捺《お》してくださった。もう少し骨がしっかりしたら、走れるようになるかもしれないという話だ」

時吉はそう伝えた。

名倉とは、千住《せんじゅ》にある名高い骨つぎだ。

一人息子の千吉は生まれつき左足が曲がっていて、時吉もおちよもずいぶん案じていた。杖を頼りにすれば歩くことはできるが、なめらかには進まない。

そこで、野田《のだ》の醤油の醸造元まで初めて子連れで旅をした帰り、千吉の足を診てもらった。

名倉の若先生の診立《みた》てによると、いまは右足に身の重みをかけて歩いているが、左を使うようにすればだんだんまっすぐになっていくだろうということだった。

慣れない左を使うために、若先生は一風変わった道具を使うことを勧《すす》めてくれた。

左のひざに添え木のようなものを着け、身の重みをかけながら歩けるようにした道具だった。

この道具を使って左足を鍛え、当面は季節に一度、千住へ足を運ぶことになっていた。だいぶ重くなったので、さしもの時吉も負ぶっていくわけにはいかない。駕籠《かご》代はかかるが、やむをえない。昨日から泊まりがけで千住に向かい、いまのどか屋へ戻ってきたところだった。

「おう、そのうち、かけっくらでかなわなくなるかもしれねえな」

出迎えた長吉の目尻に、いくつもしわが寄った。

泣く子も黙る厳しい料理人だが、孫にはいたって甘い。

「字もじょうずになるよ」

千吉は筆を動かすしぐさをした。

寺子屋にも通いはじめ、ずいぶんしっかりしてきた千吉だが、話が急に飛んだりするところはまだまだわらべだ。

「おかえりなさい」

旅籠の支度をしていたおけいとおしんが出迎えた。

いまやおちよの片腕みたいになっているおけいのほかに、いつもはおそめという娘がのどか屋で働いているのだが、今日はあいにく風邪《かぜ》で寝込んでしまっている。そこで、元締めの信兵衛《しんべえ》が持っているいくつかの旅籠を掛け持ちで働いているおしんが、のどか屋に助っ人《すけと》に来ていた。

「ただいま。千住名物の焼き団子を買ってきたよ」

時吉は包みを見せた。

「わあ、いただきます」

「おいしそう」

柿色の着物に桜色の帯、それに茜《あかね》の襷《たすき》を掛けわたしたそろいのいで立ちの女たちが笑みを浮かべる。

「軽くあぶり直したら、うめえだろう。茶でもいれな」

長吉がおちよに言った。

「あいよ」

一同が中に入ると、さっきまでおちよが布団を敷いて仮眠を取っていた座敷には、のどか屋じゅうの猫が集まっていた。

「うわ、いつのまに」

おちよが笑う。

「一匹増えましたからね」

おけいが指さしたのは、まだ生まれて三カ月くらいの黒猫のしょうだった。

猫家族の筆頭で守り神ののどか、その娘で同じ茶白の縞猫のちの、さらにその娘で縞のある白猫のゆき。三代そろっていたのどか屋の猫に四代目が生まれた。

父方の血の加減か、柄《がら》があるとはいえ母のゆきは白猫なのに、一匹だけ牡の黒猫がまじっていた。のどか屋の猫は福猫だという評判が立ってすぐもらわれていくのが常だが、ゆきがあまりにこの猫をかわいがって不憫《ふびん》だから残すことにした。

ちょうど野田の醬油の醸造元に世話になったところだったので、その黒い色にちなんで醬油の「しょう」と名づけた。いまは母のゆきになめてもらって、目を細くしてご満悦の体《てい》だ。

「千ちゃんがやる」

団子をあぶり直そうとした時吉に、跡取り息子が声をかけた。

「できるか？」

「うん」

わらべがうなずく。

「だったら、醬油を二度塗りして焼けばいいぞ」

長吉が一枚板の席から声をかけた。

檜《ひのき》の一枚板の席と小上がりの座敷。そこだけを見れば小料理屋だが、二階に五つ、一階の見世の並びに一つ、併《あわ》せて六つの部屋がある旅籠を兼ねている。

大火で岩本町《いわもとちょう》を焼け出されたあと、縁あって横山町で出直すことになった。横山町は旅籠の町だということもあり、のどか屋は旅籠付きの小料理屋として生まれ変わった。江戸に小料理屋多しといえども、旅籠が付いているのはのどか屋だけだった。

だった、というのはほかでもない。のどか屋の評判を聞いたのかどうか、このところはほかの町にもちらほらできるようになった。泊まり客には格安で朝膳を出す旅籠付きの小料理屋だ。のどか屋が始めたこの新たなあきないは、遠い先には当たり前のことになっているかもしれない。そういうもっぱらの声だった。

「こうやって、おしょうゆをはけでぬって……」

背が足りないところは踏み台に乗って、千吉は団子のあぶり直しにかかった。

「ちょっとずつだが、料理人の顔になってきたな」

長吉が目を細める。

ほどなく、焼き団子があぶり直された。お茶も入った。

これから旅籠の客が入り、小料理屋の客も来る。ばたばたと動く前の凪のようなときに、香り高いおいしい焼き団子とお茶はありがたかった。

「うめえな」

長吉は孫に言った。

「うん、千ちゃんの団子だから」

千吉が胸を張る。

「おまえが団子をこねてつくったみたいだな」

時吉がそう言ったから、のどか屋に和気が満ちた。

そのとき、のれんがふっと開き、二人の常連客が入ってきた。

一人は隠居で俳諧師《はいかいし》の大橋季川《おおはしきせん》、もう一人は旅籠の元締めの信兵衛だった。

## 二

のどか屋の二幕目が始まった。

もっと細かく区切れば、三幕目になるかもしれない。

朝は泊まり客のために膳を供する。名物になっているのは豆腐飯だ。たきたての飯の上に甘辛く煮た豆腐をのせ、薬味を添えてお出しする。始めは豆腐だけ匙《さじ》ですくって味わい、しかるのちにわっと崩して飯とともに食す。この豆腐飯を味わいたいがために、のどか屋に泊まる客もいるほどだった。

これに朝獲《と》れの魚の刺し身に味噌汁、香の物に小鉢がつく。泊まり客ばかりでなく、朝が早い大工衆なども食べに来るから、のどか屋は朝から大いに活気があった。

短い中休みを経て、一夜泊まりの客を送り出すと、今度は昼の膳になる。仕込みに時がかかる煮魚などが昼に供せられる。飯は日替わりで、これまた名物の焼き飯などが客の笑顔を誘っていた。

それから旅籠の泊まり客が来るまでに、また短い中休みが入る。おかみのおちよは座敷で仮眠を取って次の幕に備える。元武家の時吉は鍛えが入っているから、朝から働きづめでも平気だ。

「ときに、豆腐はもう多めに仕入れてねえのかい」

一枚板の席から長吉が問うた。

「まあ、豆腐飯がありますから、よそよりはずいぶんと多いですが」

鯵《あじ》のなめろうをつくりながら、時吉が答えた。

新鮮な鯵の身を細かくたたき、刻み葱《ねぎ》と味噌で和《あ》えたなめろうは、こたえられない酒の肴《さかな》の一つだ。

「まったく、あんなこと、だれが言い出したのかねえ」

隠居が苦笑いを浮かべた。

「お豆腐屋に聞いたら、忙しくて倒れそうになったから、うちらが言い出すはずはないっていう返事でしたけど」

おちよが首をひねった。

天保《てんぽう》二年の夏が去り、すっかり秋らしくなってきた。秋刀魚《さんま》に脂《あぶら》が乗り、たくさんの茸《きのこ》が採れる恵みの季節だ。

この夏は、江戸じゅうに妙な風説が広まった。

近々、江戸を大雷《おおかみなり》が見舞う。

その災いから逃れるには、豆腐の味噌汁に胡麻《ごま》を加えたものを食すべし。

そういった風変わりな説が馬鹿にならない勢いで広まったから、のどか屋でも豆腐汁に胡麻を入れたものをしばしば出した。たくさんの客が所望《しょもう》するため、これはやむをえないことだった。

「豆腐と見せかけて、胡麻の問屋の仕掛けかもしれないよ」

いくぶん声をひそめて元締めが言ったから、おけいとおしんが笑みを浮かべた。

「真相は闇の中だねえ」

隠居が首をひねる。

「まあなんにせよ、災いが起きなかったのは何よりだ。こうやってまた孫の顔を見られるんだからな」

長吉は厨で「むきむき」の稽古を始めた千吉を見た。

大根や人参の皮をむいたり、刻んだりする稽古はだいぶ前から始めている。わらべ用の包丁だから、鮮やかな腕前というわけにはいかないが、腕は動かせば動かすほどに上がっていく。このところはなかなかに堂に入《い》った包丁さばきだった。

「ほんとに、災いはもうこりごり」

おちよが首をすくめた。

のどか屋も二度焼け出されているが、災いは大火だけではない。地震があれば出水もある。大風も大雷もある。目に見えないはやり病も恐ろしい。

そういった数知れない災いが江戸の町と人々を襲ってきた。そこから立ち上がって築き上げてきたのが、いまの繁華な江戸の町並みだった。

その後はまた大雷と胡麻入り豆腐汁についての話になったが、結局、だれにも謎は解けなかった。

天保二年の夏にはやった奇妙な風説は、ほどなく忘れられていった。

## 三

「なら、そこで呼び込みをしてきます」

おけいが笑顔で言った。

「お願いね」

おちよが答えた。

旅籠には先約が入ることもあるが、今日は六部屋すべてがいまのところ空いていた。

こういうときには人どおりの多い両国橋《りょうごくばし》の西詰《にしづめ》まで赴《おもむ》き、明るい声で呼び込みをするのが常だった。

「千吉も行くのかい?」

長吉が声をかけた。

「うん。千ちゃん、よびこみする」

千吉はわらべ用の包丁を置いて、厨を出た。

なかにはわらべのいる旅籠はうるさそうだと嫌う客もいるが、千吉のかわいい声の呼び込みに釣られて泊まる客もまた多かった。旅籠付きの小料理屋の小さな番頭さんのようなものだ。

「そうかい。なら、一緒に行こう」

古参の料理人は腰を上げた。

「長さんも呼び込みを?」

もともとは長吉屋の常連客だった隠居が、やや驚いたように問う。

「いや、千吉の働きぶりを見てやろうと思いましてね、ご隠居」

「ああ、なるほど」

と、季川。

「それに、橋向こうに弟子の見世もあるもんで、ちょいとのぞいてやろうかと」

「師匠にいきなり来られたら、肝《きも》をつぶすだろうね」

元締めが言った。

「いつ来られるか分からねえとなったら、手を抜かずにやるでしょうよ」

いままで多くの弟子を育ててきた古参の料理人が答えた。

「じいじ、早く」

千吉が急《せ》かせる。

「分かったよ。では、お先に」

長吉はさっと手を挙げた。

## 四

長吉と千吉、おけいとおしん、四人がのどか屋を出たのと入れ替わるように、一人の若者が入ってきた。

浅草の小間物問屋、美濃屋《みのや》の手代の多助《たすけ》だった。

のどか屋につとめているおそめとはかねてよりの恋仲で、多助の年季が明ければ晴れて所帯を持つことになっている。先の大火で縁ができた若い二人の仲は人もうらやむほどだった。

その縁で、多助はさまざまな小間物を折にふれてのどか屋に運んでくる。ときには用を無理やりつくっておそめの顔を見にくることもあった。

「おそめちゃんは、あいにく風邪で寝込んでてね」

元締めの信兵衛が気の毒そうに言った。

「えっ、そうなんですか。具合はどうなんでしょう」

多助はにわかに案じ顔になった。

「だいぶ咳きこんでて、熱もあるみたいだね」

元締めが答える。

「なら、急いで見舞いに行かないと」

若者はそわそわしはじめた。

「いや、いま行くとうつるかもしれないからね。よしたほうがいいと思うよ」

信兵衛がさとすように言った。

「はあ、でも……」

多助はすぐにでも飛んでいって看病してやりたそうだった。

「おまえさんまで風邪にかかったら、美濃屋のお店《たな》じゅうに広まってしまうかもしれないよ。もしそうなったら大変じゃないか」

季川がかんで含めるように言うと、小間物問屋の手代はやっと少し落ち着きを取り戻した。

「そ、そうですね」

「風邪の薬は取り置きがあったからのんでもらった。あとは熱が抜けるまで、ひたすら眠って養生《ようじょう》するしかないね。そうすればきっと良くなるから」

人情味のある元締めが言った。

「はやり病の風邪なら心配だけど、そうじゃないみたいだから」

おちよも言葉を添える。

「分かりました。くれぐれも養生《ようじょう》するようにと言っておいてくださいまし」

まだいくらか蒼《あお》い顔で、多助は言った。

「伝えておくよ。でも、そこまで案じるようなら、そちらの旦那さまにお願いして、早めに所帯を持ったらどうかねえ」

元締めが言う。

「い、いや、うちでは年季が明けるまでは……」

手代の顔が急に真っ赤になった。

「そこをお願いしてみるのよ」

おちよが笑みを浮かべる。

「よろしかったら、うちにいらしてくださいよ。旦那さまをおいしい料理でもてなしますから」

時吉も和す。

「のどか屋の料理で攻めたら、旦那様もきっとお許しを出してくれるよ」

「そりゃあ名案だね」

隠居と元締めの声がそろったとき、ばたばたと表で足音が響いた。

すわ何事ならんと、座敷で寝ていたちのとゆきが飛び起きてのびをする。

あわててのどか屋に入ってきたのは客ではなかった。

呼び込みに行ったおけいだった。

「大変、大変、おかみさん、大変」

息せききって告げる。

「どうしたの？　おけいちゃん」

おちよの問いに、おけいは息をなだめてから答えた。

「おしんちゃんが、おとっつぁんを見かけたんです。そこの両国橋で」

# 第二章　具足煮《ぐそくに》椀

## 一

「間違いないのかい」

時吉がおけいにたずねた。

「ええ。おしんちゃんが『おとっつぁん！』って声をかけたら、びっくりしたように橋を渡っていったんです」

おけいがまだ荒い息で告げた。

「江戸へ帰ってきたところなのかしら」

おちよが言う。

「まだ脚絆《きゃはん》を巻いた旅姿でした」

おけいは足にちらりと手をやった。

「で、おしんちゃんは？」

時吉がたずねた。

「あわてて両国橋を渡って追いかけて行ったんですけど……」

おけいの顔つきが曇った。

「必死に逃げたのなら、娘の足じゃ追いつかないだろうな」

と、時吉。

「どうしよう、おまえさん」

おちよが訊く。

「いまから追うわけにもいかないな」

煮魚の火加減を見ながら、時吉が答えた。

「長さんはどうしてるんだい？」

今度は隠居がたずねた。

「千ちゃんがいるので、お守《も》りを」

「ああ、そりゃそうだね」

「だったら、おいらが見てきます」

多助がそう申し出た。

「お仕事があるんでしょう？」

おちよが言う。

「ちょうど次のお得意先は両国橋の近くなので」

小間物問屋の手代は、すぐにでも飛び出しかねない勢いで言った。

「だったら、わたしも行こう」

元締めの信兵衛が腰を上げた。

「相済みません。いま手が離せないもので、お願いいたします」

厨仕事の最中の時吉が申し訳なさそうに言った。

「なら、さっそく行こうじゃないか」

信兵衛が小間物問屋の手代に言った。

「はい」

多助はいい声で答えた。

二

おしんの父親の初次郎《はつじろう》は、腕のいい版木《はんぎ》職人だった。

版木に用いられるのは硬い山桜の木だ。年経《ふ》りても変わらない桜の木を、版木職人はまずもって仕込む。

彫りの小刀や鑿《のみ》はいくつも使う。おおむね職人の手づくりだ。山桜の木が硬いから、刃がしばしば駄目になってしまう。道具をつくるのも職人の腕のうちだった。

そういったさまざまな彫り刀を用い、細かな彫りを施していく。細い筆でさっと刷《は》いたような線も、入念に時を掛けて刻まなければならない。腕も根気も要《い》る、難しい仕事だ。

初次郎は修業を積み、親方の音松《おとまつ》のもとで働いていた。音松は浮世絵の版木彫りの名人で、腕はたしかだったが、いささか気の荒いところがあった。

何か気に食わないことがあると、弟子にきつく当たったり、ときには物を投げることすらあった。初次郎をはじめとする弟子たちは、それが親方の性分だからと料簡《りょうけん》して、耐え忍びながらつとめを行っていた。

しかし……。

初めのうちはほんのわずかだったすき間が、知らず知らずのうちに広がり、取り返しのつかないことになってしまうためしも多い。

初次郎と親方との仲もそうだった。

ずっと理不尽ともいうべき仕打ちに堪えていた初次郎だが、あるおり、堪忍袋《かんにんぶくろ》の緒《お》が切れた。

悪罵《あくば》の言葉を投げつけるだけならまだしもだった。

あろうことか、初次郎は手にしていた鑿を親方に向けてしまった。

魔が差したのだ。

鑿は音松の身に突き刺さった。

おのれがしでかしたことに蒼くなった初次郎は、うしろも見ずに一目散《いちもくさん》に逃げた。

そして、そのまま江戸から逃げた。

まだ小さかったおしんと弟を育てるために、母は大変な苦労をした。袋物の内職をし、なるたけ切り詰めた暮らしをして、懸命に二人の子を育て上げた。

その無理がたたったのか、母は急な病にかかって亡くなった。惜しみても余りあることだった。おしんと弟は、冷たくなった母のむくろに取りすがって泣いた。

父のゆくえは杳《よう》として知れなかった。母を亡くしたあと、おしんは弟とともに狭い長屋で肩を寄せ合って暮らした。

それからも苦労は続いた。

さる口入れ屋の口利きで、おしんは品川の旅籠へつとめに出ようとしたのだが、そこはただの旅籠ではなかった。因果《いんが》を含めて娘に客を取らせるいかがわしい旅籠だったから、あわてて逃げて帰った。

弟はまだ小さいうちから大工の修業に出た。朝も早いつらいつとめだが、よく辛抱してだんだんに仕事も覚えてきた。

だが……。

またしても、おしんは悲運に見舞われた。のどか屋も焼け出された先の大火で、弟はあえなく命を落としてしまったのだ。

まだ十七の若さだった。

姉思いの弟だった。父が江戸を逃れ、母が亡くなったあとは、この世でたった一人の血を分けた血族だった。

おしんは、こうして天涯孤独の身となった。

縁あってのどか屋をはじめとする信兵衛の旅籠を掛け持ちで働くようになり、以前よりは顔つきも明るくなった。客に向かって笑顔で話しかけることもある。

しかし、折にふれて、ひとりぼっちだという思いが心にしみた。母も弟も、もうこの世にはいないのだ。

そんなとき、そぞろに思い出されてくるのは父のことだった。

おしんがまだ小さいころに騒ぎを起こしたから、父の思い出はそう多くない。それでも、かすかに憶えている思い出は甘やかだった。

初次郎が鑿を向けてしまった親方の音松は、幸い大事に至らなかった。人づてに聞いたところ、おのれのほうにも非があったと認め、その後は料簡《りょうけん》を改めて神信心《かみしんじん》もするようになったらしい。

とんでもないことをしでかしてしまったと思い、あわてて江戸を逃れた父も、親方がその後どうなったか気にかけているに違いない。

おしんはそう考えた。

ことによると、父はひそかに江戸へ帰ろうとするのではなかろうか。もし江戸へ帰るとなれば、どこぞの旅籠に泊まるはずだ。

そんな思案をしたおしんは、儚《はかな》い望みをかけて旅籠で働きはじめたのだった。

そして、ついにその日がやってきた。

両国橋のたもとで、娘は父の顔を見かけたのだ。

## 三

「どうだい、長吉さん」

元締めの信兵衛が、豆絞りの料理人を見つけて声をかけた。

「まだ戻ってこないな」

橋のほうを見て、長吉は答えた。

「おしんおねえちゃん、かえってこないよ」

千吉はべそをかきそうだった。

「そのうち帰ってくるよ、おとっつぁんと一緒にな」

信兵衛がなだめる。

「なら、おいらがひとっ走り、向こうまで行ってきます」

小間物問屋の手代が言った。

「悪いな、つとめの途中なのによ」

風呂敷包みを背負った多助のほうを見て、長吉が言った。

「なんの。じゃあ、さっそく行ってきます」

若者は足早に両国橋を渡っていった。

「わたしが待ってるんで、戻ってくださいよ」

元締めが長吉に言った。

このまま千吉を立たせているわけにもいかない。長吉と孫はのどか屋へ戻ることになった。

信兵衛はしばらく西詰で待っていたが、やがてしびれを切らして橋を渡りだした。

川開きのときには名物の花火を目当ての客でにぎわう橋だが、いまはふだんのたたずまいだ。それでも、荷車や駕籠が行き交うさまは十分ににぎやかだった。

行き違いにならないように気をつけながら元締めが歩いていくと、せかせかと多助が戻ってきた。

「どうだい？」

信兵衛は声をかけた。

「姿が見当たりません。本所《ほんじょ》から深川《ふかがわ》あたりまで行ったのかも」

多助は首をひねった。

「おまえさんは仕事があるんだろう？」

「へい。そろそろ行かないと」

「だったら、あとはわたしに任せて行っておいで」

旅籠の元締めはそううながした。

「相済みません。では、そうさせていただきます」

小間物問屋の手代はそう言って、ていねいに頭を下げた。

その後、信兵衛は橋を渡って東詰に至った。

ここも西詰に負けず劣らずにぎやかな場所で、芝居小屋の幟《のぼり》がいくつも立っている。

口上《こうじょう》を述べる蝦蟇《がま》の油売りの姿もあった。

とにもかくにも、待つしかない。

信兵衛はふところから煙管《きせる》を取り出した。

## 四

「遅いわねえ、元締めさんとおしんちゃん」

おちよが案じ顔で言った。

「よっぽど遠くまで探しに行ったのかしら」

おけいも首を傾げる。

日はだいぶ西に傾いてきたが、信兵衛とおしんは帰ってこない。

「まあしかし、たとえ今日捕まらなかったとしても、大きな手がかりはあったわけだからね」

一枚板の席で根を生やしている隠居が言う。

「それはそうですが、おしんちゃんにしてみれば、どうにかしておとっつぁんと面と向かって話をしたいでしょう」

時吉が言う。

「それは人情だねえ」

隠居はそう言って、長芋のとんぶり梅味噌和《あ》えに箸を伸ばした。

とんぶりはよそではあまり出ないが、さまざまな書《ふみ》を繙《ひもと》いている時吉が仕入れてきた。

箒木《ほうきぎ》の実で、出羽国《でわのくに》で飢饉が起きた際にどうにかしてこれも食べられないかと知恵を絞ったのが始まりらしい。『本朝食鑑《ほんちょうしょっかん》』という書物には、箒木の実を炒《い》って食べると記されていた。

これは漢方の薬のもとにもなるから、江戸にも仕入れがあった。旅籠の泊まり客には薬売りも多い。ひょんなことから箒木の実の仕入れ先を聞いた時吉は、さっそく足を運んで実を分けてもらった。

そんなわけで、江戸では珍しいとんぶりが肴に使われているのだった。

「おしんちゃんのおとっつぁんは、まだ親方さんを殺《あや》めてしまったと思ってるんでしょう？」

おけいが問うた。

呼び込みが不首尾に終わってしまったため、今日の旅籠はまだ一人しか入っていない。やむなくさっきまで千吉とお手玉で遊んでいた。

「そうそう。親方が無事だったと分かれば、頭を下げてお許しを得たら、また親子水入らずで暮らせるでしょうに」

おちよが少し悔しそうな顔になったとき、表で人の気配がした。

ややあってのれんが開き、二人の常連が入ってきた。

岩本町の湯屋《ゆうや》のあるじの寅次《とらじ》と、野菜の棒手振《ぼてふ》りの富八《とみはち》だった。のどか屋が岩本町にあったときからの付き合いで、いまも折にふれて足を運んでくれる。

「そうかい。おしんちゃんのおとっつぁんが戻ってきたのかい」

隠居の隣に陣取った寅次が言った。

いるだけでぱっと場が華やぐ岩本町の名物男だ。

「だったら、もし今日見つからなかったら、湯屋の二階におとっつぁんの似面《にづら》を貼り出したらどうです？」

富八が水を向ける。

「おお、そいつぁ思いつきだ」

寅次はすぐさま答え、長芋のとんぶり梅味噌和えを口に運んだ。

「うめえ。長芋ととんぶりのかみ味の違いが何とも言えねえな」

「ぷちぷちしたとんぶりと、ぬめっ、しゃきっとした長芋ですから」

と、富八。

「ぷちしゃきか」

つばを飛ばしながら、湯屋のあるじが言う。

「そんな約《つづ》め方をしなくたって」

おちよが笑みを浮かべた。

時吉は次の料理の支度を進めていた。だいぶ手間はかかったが、まもなく頃合いになる。おしんが父とともに帰ってくるのならいいが、たとえ一人で戻ってきたとしても心がほっこりするような椀だ。

「いい香りがしてきたな」

湯屋のあるじの小鼻が動く。

「生姜《しょうが》のしぼり汁を入れたら、味噌を溶《と》きますので」

時吉が鍋を示した。

伊勢海老《いせえび》の具足煮椀《ぐそくに》だ。

殻つきの伊勢海老を豪快に煮る料理だが、巧みに切り分けた頭や胴をさっと水洗いして臭みを取るなど、見えないところに料理人のていねいな仕事が入っている。

具足とは、武具のすね当てのことだ。伊勢海老を殻つきで煮て、まるっと椀に入れたぜいたくな汁だった。

ただの具足煮のときは酒と醬油と味醂《みりん》の江戸風の味つけだが、味噌汁に仕立ててもうまい。

まず頭を煮て、色が変わったところで伊勢海老の胴を入れてことことと煮る。これで海老じゅうのうまみが引き出されてくる。ここに味噌を溶けば、深い味わいのこたえられない椀になる。

時吉が仕上げに添える葱を刻み終えるころ、表で声が響いた。

「あっ、おしんねえちゃん」

千吉の声だった。

「帰ってきたわ」

おちよが小声で言う。

さらに、声が響いた。

おしんの父のものではなかった。

「さ、何かあったかいものでもいただいて帰ろうじゃないか」

そう声をかけたのは、元締めの信兵衛だった。

ややあって、のれんが開いた。

おしんはあいまいな顔つきをしていた。

それで察しがついた。

父の初次郎の姿を見かけて追いかけたものの、おしんは探し当てることができなかったのだ。

「おかえり」

おちよがやさしく声をかけた。

「もうすぐ伊勢海老の味噌汁ができるからね。それを呑んでお戻り」

時吉も和す。

「そんな、ぜいたくなものを……」

おしんはあわてて手を振った。

「遠慮しないで、いただきなさい。おとっつぁんはきっと見つかるから」

隠居が温顔で言った。

「さ、今日は座敷が空いてるから」

おけいが手で示した。

「元締めもいかがです？」

時吉が言う。

「ああ、そりゃいただくよ」

「おいらにもくんなよ」

「もちろん、おいらも」

岩本町から来た二人の客も手を挙げた。

「承知しましたが……」

時吉はいくらか困った顔つきになった。

おしんと父が戻ってきたら出そうと思ってつくった具足煮椀だ。伊勢海老は一尾しか入っていない。

「なに、汁だけでもいいからよ」

それと察して、寅次が言う。

「いや、だしの出た頭のほうでよろしければ」

「入《へえ》ってれば上々吉《じょうじょうきち》よ」

「おいらも」

「わたしはいろいろいただいたから、酔いざましの汁だけで」

隠居がうまく譲り、話が決まった。

「はい、お待たせです」

おちよとおけいが、椀を座敷に運んでいった。

「相済みません」

おしんが頭を下げた。

「たまにはお客さんで」

おちよが笑う。

「はい」

おしんもかすかに笑みを浮かべた。

ただし、その目は少し赤くなっていた。

「今日のところは、わたしがおとっつぁん役だ。……さ、あったかいうちにいただきなさい」

元締めが身ぶりを添えた。

「はい、いただきます」

おしんは箸を執《と》った。

「こちらも、お待ち」

時吉は控えめに一枚板の席に椀を出した。

「……うめえ」

さっそく口をつけた湯屋のあるじがうなる。

「伊勢海老が成仏《じょうぶつ》してますぜ」

富八も感に堪えたように言う。

「なんだか、椀の中に海があったり山があったり、味わいがさまざまに変わっていくね。絶品だよ」

隠居が手放しでほめた。

「ありがたく存じます」

時吉が一礼する。

座敷のおしんは言葉を発しなかった。

ゆっくりと箸を動かし、ときおり椀を手に持って汁を呑む。

そして、ほっと息をつく。

「おいしいね」

信兵衛が声をかけた。

おしんはこくりとうなずいた。

「次は、おとっつぁんも一緒に、積もる話をしながらのどか屋の料理をいただこうじゃないか」

元締めの情のある言葉を聞いて、心の中の堰《せき》が切れたらしい。

おしんの目尻からほおへ、水ならざるものがしたたり落ちていく。

「みんなで力を合わせて、探してあげるからね」

おちよが笑みを浮かべた。

「……はい」

喉の奥から絞り出すように、おしんは答えた。

そして、また椀を口に運び、長い息をついた。

# 第三章　江戸烏賊《いか》めし

## 一

「似面はねえのかい？」

安東満三郎《あんどうみつさぶろう》がたずねた。

「似面がありゃ、おれもひと肌脱ぐぜ」

万年平之助《まんねんへいのすけ》も乗り気で言った。

「みんなそう言ってるんですけど、おしんちゃんの話だと、おとっつぁんの初次郎さんにはこれといって目立つものがないんだそうです」

おちよが言う。

「旦那のご面相だったら、わりかた描きやすいだろうがね」

今日も根を生やしている隠居が言った。

安東満三郎はなかなかの異相で、顔が長くあごがとがっている。顔の造作の一つ一つは整っているのだが、芝居の悪役で出てすぐ成敗《せいばい》されそうな面相だった。

だが……。

実物の役どころは逆で、ひそかに悪を追う正義の男だった。

将軍の履物や荷物などを運ぶ黒鍬《くろくわ》の者は、三組まであることが知られている。しかし、本当はその先に四番目の組があった。

約《つづ》めて黒四組は、公儀の影御用にたずさわっていた。とはいえ、御庭番《おにわばん》のように諸国に潜入してつとめをするのではない。あるときは地方、またあるときは江戸市中。変幻自在の動きぶりで、諸国を股にかけた盗賊や大がかりな抜け荷などの巨悪を暴くのが黒四組の役目だ。

万年平之助は、安東の配下の者だった。

平生は町方の隠密廻りとして、さまざまななりわいの者に身をやつして市中を廻っている。その隠密廻りもやつしで、実は黒四組に属しているというのが味噌だ。本当はいないことになっている同心につき、幽霊同心とも呼ばれている。

「そりゃ、目が三つくらいあったら、すぐ分かるがよ」

安東満三郎が戯《ざ》れ言《ごと》を飛ばす。

「それだったら、似面を描かなくったってすぐ分かります。……はい、いつものです」

時吉がそう言って差し出したのは、油揚げの甘煮だった。

のどか屋では、あんみつ煮と呼ばれている。

安東満三郎を約めると「あんみつ」になる。餡《あん》と蜜《みつ》でいかにも甘ったるい響きだが、この御仁にはぴったりだった。

黒四組のかしらは、甘いものに目がないのだ。江戸広しといえども、甘いものを肴にいくらでも酒を呑めるのは、「あんみつ隠密」と呼ばれるこの御仁くらいだろう。

そのあだ名を取ったあんみつ煮は、油揚げを食べよい大きさに切り、油抜きを兼ねてゆでて砂糖と醤油で味つけをした簡便な料理だ。客の顔を見てからつくれるから、なにかと重宝《ちょうほう》している。ちなみに、砂糖は貴重な品だが、のどか屋には手づるがあって、わりかた安く仕入れることができた。

「わあ、おいしそう」

座敷から声が響いた。

「これ、よそのお客さまのものを」

一緒に来ていた男がたしなめる。

馬喰町《ばくろちょう》の一膳飯屋、力屋《ちからや》のあるじの信五郎《しんごろう》とその娘だった。

のどか屋には猫縁者が多いが、力屋の信五郎もその一人だ。かつてはのどか屋で飼われていたやまという猫は、いまはぶちと名を改めて飯屋の看板猫になっている。

その名のとおり、力屋では食べると力が出る料理を出している。飯の盛りが良く、豆や海藻などの身の養いになる食材がふんだんに使われているから、体を使う駕籠かきや飛脚《ひきやく》や荷車引きなどでいつも繁盛していた。

酒は出さず、見世じまいは早い。明日の仕込みをしてからのどか屋で軽く呑んで帰ることが多かったが、今日は猫目当ての娘を伴っていた。

「おしのちゃんも食べる?」

おちよが訊いた。

「うん」

力屋の看板娘は元気よくうなずいた。

そのひざで、新顔の黒猫のしょうがきょとんとしていた。なにぶん四代そろっているから、とっかえひっかえ猫がやってくる。おしのばかりでなく、このところは猫目当ての客が妙に増えてきた。

「はは、そのうち力屋でも出たりしてな。……うん、甘え」

お得意のせりふが飛び出した。

ふつうは「うめえ」と言うところを、あんみつ隠密は「甘え」と言う。甘ければ甘いほど好みで、何にでも味醂をどばどばかけて食すのだから、よほど変わっている。

存外に味にうるさい配下の万年同心は、裏では「あの旦那は舌が馬鹿だから」などと陰口をたたいているほどだ。

「なら、油揚げが余ったときに膳に添えてみましょう、あんみつ煮。甘いものも力になりますので」

信五郎が笑顔で言った。

ちなみに、餡と蜜はむろんあったが、食べ物の「あんみつ」が世に現れるのはずいぶん後のことになる。蜜豆が登場するのは江戸の末だが、まだ寒天《かんてん》は入っていなかった。寒天入りの蜜豆は明治《めいじ》三十六年に浅草の和菓子屋「舟和《ふなわ》」が考案して世に広まった。餡入りの「あんみつ」はさらに時が下り、昭和《しょうわ》五年に銀座《ぎんざ》の汁粉屋「若松《わかまつ》」が案じ出すのを待たねばならない。

「で、話は戻るが、何なら町方の似面描きに声をかけてみるぜ」

あんみつ煮の話が一段落したところで、万年平之助が言った。

「うちも、似面描きさんなら縁のある方がいらっしゃるので」

おちよがそう言って、厨の壁を指さした。

そこに貼られていたのは料理人の似面だった。

一見すると、時吉のようだが、違う。その料理人の顔立ちのほうがずいぶんと若々しかった。

千吉が大きくなってひとかどの料理人になったら、さぞやこのような顔立ちになるだろう。

そのさまを思い浮かべて描かれた似面だった。

似面を描いたのは、千吉と仲が良かったおなおという娘だった。

おなおの家族は、縁あってのどか屋に泊まった。

父は品川《しながわ》の似面描きの仁助《にすけ》、母はおそで。のどか屋の座敷で料理を味わうとき、家族は陰膳《かげぜん》を据えていた。

おなおの兄の竹松《たけまつ》のものだった。絵描きを志した竹松は座生右記《ざおうき》という画家の弟子になった。

座生右記は、若くして亡くなった蘭画《らんが》家、小田野直武《おだのなおたけ》の数少ない弟子だった。かの平賀源内《ひらがげんない》に寵愛され、『解体新書《かいたいしんしょ》』の扉絵や挿画《そうが》も手がけた小田野直武から蘭画の薫《くん》陶《とう》を受けた座生右記は、腕はたしかだったがきわめて狷介《けんかい》な性分だった。そこを頼みこんで、竹松は弟子になった。

だが……。

才に恵まれた若き絵描きは、志の半ばで病に倒れ、命を散らしてしまった。陰膳に置かれていたのは、竹松の形見の筆だった。

のちに、おなおは大きな決心をする。兄の志を継いで絵描きになるのだ。

狷介な画家は、女の弟子は取らないと断ったが、時吉の料理の力もあって、ついには首を縦に振った。そのおなおが、仲の良かった千吉が料理人になった姿を描いてくれたのだった。

「品川の仁助さんなら、おしんちゃんからうまく顔かたちの勘どころを聞き出して、そっくりなものを描いてくれるかもしれないな」

時吉が言った。

「しゃべってくれねえことには描きようがねえからよ」

あんみつ隠密が言う。

「ほんとは、おなおちゃんみたいな女の絵描きさんがいいんでしょうけど」

と、おちよ。

「まだ修行中なんだろう?」

万年同心が問うた。

「そうなんですよ。根岸《ねぎし》まで行ってもらうわけにもいかないし」

おちよは首をかしげた。

座生右記は根岸で庵《いおり》を結び、画室にしている。おなおはその近くに住む松次《まつじ》という農夫の家にやっかいになっていた。

「まあしかし、大きな手がかりがあったんだ。どうあっても似面が要《い》るということになりゃ、おしんも身を乗り出してくるだろうよ」

安東満三郎はそうまとめた。

おしんの父の似面は、それから遠からず描かれることになった。

思いがけず、おなおがのどか屋をたずねてきたのだ。

二

「あっ、おねえちゃん」

千吉の弾んだ声が響いた。

ちょうどおちよは短い中休みを終え、旅籠の泊まり客が来るのに備えて髪を整え終えたところだった。

「千ちゃん、元気だった？」

その声に聞き憶えがあった。

急いで出てみると、案の定だった。

「まあ、おなおちゃん」

少し見ないあいだにだいぶ大人っぽくなっていたが、画家の修業に出ていたおなおに相違なかった。

「無沙汰《ぶさた》をしておりました」

おなおは頭を下げた。

娘は背に袋を負うていた。どうやら画材などが入っているらしい。そこはかとなく顔料の香りが漂ってきた。

「おねえちゃん、どうしたの？　しゅぎょう、やめてきたの？」

千吉が案じ顔で問うた。

「やめたわけじゃないのよ。その……先生が亡くなっちゃってね」

おなおがそう告げたとき、時吉が出てきた。

「久しぶりだね。座生右記先生が亡くなったのかい」

驚いた顔で言う。

「そうなんです。急なことで」

おなおの表情が陰った。

「まあとにかく、入ってお茶でも」

おちよが招じ入れた。

旅籠の支度をしていたおけいと、風邪が治ったおそめも姿を現した。今日のおしんは信兵衛が元締めの大松屋《おおまつや》の手伝いをしている。

「これから品川に帰るのかい？」

時吉がたずねた。

「ええ。絵の修業もないのに、いつまでも松次さんのところにお世話になっているわけにもいきませんから」

おなおは少し寂しそうに答えた。

「で、座生右記先生は急に亡くなられたの？」

おちよが問うた。

「なにぶんお歳でしたから……初めはただの風邪かと思ってたんですけど、あっという間に悪くなられて」

おなおは目を伏せた。

松次とその女房のおしげとも相談し、評判の本道《ほんどう》（内科）の医者に往診を頼んだのだが、時すでに遅しだった。老齢の画家には、もう抗《あらが》う力は残っていなかった。

「先生は何か言い残したかい？」

時吉は問うた。

「はい」

おなおは一つうなずいてから答えた。

「教えられることは教えた。あとは筆に聞きながら励め、と」

おなおの目はいくらかうるんでいた。

「筆に聞きながら励め、と」

時吉が亡き座生右記の言葉を繰り返した。

「いい言葉ね」

おちよが勘に堪えたように言った。

「どういうこと？　おかあ」

千吉が問う。

手習いに通うようになってから、とみに「どういうこと？」という問いが増えるようになった。

「料理人が包丁に聞きながら料理をつくるようなものだ」

ちょうど烏賊《いか》めしの下ごしらえをしていた時吉が代わりに答えた。

「包丁がしゃべってくれるの？」

千吉が突拍子《とっぴょうし》もないことを口走ったから、おけいが思わず笑った。

つられておなおも笑みを浮かべる。

「もし包丁が教えてくれたら按配《あんばい》がいいわね」

おちよは言った。

「まあ、これくらいの歳になれば分かるさ」

時吉は似面の千吉を指さした。

「ところで、おまえさん、あの話を」

おちよが少し声を落とした。

「ああ、そうだな」

時吉は手を拭くと、おなおのほうを見た。

そして、やおらおしんの父の件を切りだした。

## 三

「だったら、おしんちゃんを呼んできます」

話が一段落したところで、おそめがさっそく動いた。

「大松屋さんのご都合もあるから、もし手が足りないようだったら代わりをやってきて。こっちはなんとかなるから」

おちよが口早に言った。

「分かりました」

おそめは一つうなずき、きびきびと動き出した。

おしんが来るまで、おなおは千吉といろいろ話をした。

「手習いは楽しい？」

「うん」

「どんなことやってるの？」

「んーとね、字をかいてるの」

「名前も書けるようになった？」

「うん、かけるよ」

千吉は胸を張った。

少し前までは「吉」の「口」がむやみに大きくて思わず吹き出すほどだったが、このところはだいぶさまになってきた。

厨のほうからいい香りが漂ってきた。時吉が入念に仕込みをしていた烏賊めしがそろそろできあがる頃合いだった。

朝と昼の膳にはむやみに凝ったものは出せない。名物の豆腐飯か焼き飯、もしくはせいぜい炊き込みご飯だ。泊まり客への料理と酒の肴を供する二幕目なら、仕込みに時がかかる手のこんだ料理も出すことができる。

「おなおちゃん、皮切りに食べる？」

おちよが水を向けた。

「えっ、いいんですか？」

「似面代のようなものだから」

時吉が笑みを浮かべた。

「だったら、いただきます。あんまりいい香りがするもので、おなかが鳴っちゃったくらいで」

おなおは帯に手をやった。

「承知」

小気味よく言って、時吉は鍋に向かった。

のどか屋の烏賊めしは、こうつくる。

まず烏賊の胴の中をきれいに洗っておく。げそはぶつ切りにして湯を通す。

もち米を水に浸しているあいだに、具の下ごしらえをする。ささがきにした牛蒡《ごぼう》、千切りの人参、それに、薄切りの椎茸だ。

もち米が存分に水を吸ったら具と混ぜ合わせ、酒と味醂と醬油を回しかけて、味がなじむまで四半刻《しはんとき》（約三十分）ほど置く。

それから、烏賊の水気をよく切って具を詰める。漬け地をよく切るのと、具をあまり詰めすぎないことが勘どころだ。

煮ると米はふくらみ、逆に烏賊は縮む。そのあたりを頭に入れて、八分目に詰めてやると絶妙の仕上がりになる。

いよいよ、煮込みだ。

煮汁はだしに酒に醬油に味醂。江戸風の甘辛い濃いめの味つけがうまい。

烏賊の詰め口を楊枝《ようじ》でしっかり留め、余った先のところを切り落とす。それから、落とし蓋をしてことことと煮る。

途中で一度、返してやるのが骨法《こつぽう》だ。そうすれば、味のむらがない烏賊めしになる。

仕上げに切り分け、盛り付けてから柚子《ゆず》の皮を振れば出来上がりだ。

「おいしい……」

烏賊めしを口に運び、じっくりと味わったおなおが感に堪えたように言った。

「うちは、りょうりがじまんだから」

おのれがつくったかのように千吉が言ったから、のどか屋に和気が満ちる。

「ほんとに味がしみてて……」

おなおは少し言葉を探してから続けた。

「烏賊と具が、板と絵の具みたいに響き合ってます」

絵の修業をした娘らしい言葉だった。

「なるほど。料理でも絵が描けるわけね」

おちよが感心したように言ったとき、表であわただしい足音が響いた。

元締めの信兵衛に付き添われて、おしんが姿を現した。

# 四

「いくらでも描き直しますから、そっくりになるまで言ってくださいね」

おなおがおしんに言った。

座敷には紙と筆、それに墨が用意されている。紙はおけいがばたばたと動き、多めにあがなってきた。

おしんの父の初次郎は、あんみつ隠密のようなきわだった面相ではないらしい。そのせいで、どう伝えていいものやら、おしんは困っていたのだが、少しずつ似せていくこのやり方ならうまくいきそうだった。

「では、まず顔かたちから。長細いか、丸いか」

「長細いほうです。丸くはありません」

「あごはとがってます？」

「いえ……普通だと思います」

「あごの長さはこれくらい？」

おなおは指先で示してみせた。

「だいたいそんな感じで」

おしんの返事を聞いて、紙に筆を走らせる。

少しずつ外堀を埋めていくやり方で、根気強く似面を進めていく。

そのうち、隠居がふらりとのれんをくぐってきた。

「おとっつぁんの似面かい？」

おちよに小声で問う。

「ええ。座生右記先生が亡くなったので、おなおちゃんがうちにあいさつに」

おちよも声をひそめて答えた。

「そうかい。先生が亡くなったのかい」

しんみりとうなずくと、隠居は元締めの隣に腰を下ろした。

「烏賊めしがございますが」

時吉が水を向ける。

「いいね」

隠居はすぐさま答えた。

おなおの似面描きは粛々《しゅくしゅく》と続いた。

「耳はどうです？　こう？　それとも、こう？」

さらさらと達者に筆を走らせていく。

「おねえちゃん、じょうず」

じっと見ていた千吉が言った。

「そりゃそうよ。修業したんだから」

おなおは軽くあしらい、おしんの返事を聞いてまた筆を動かした。

耳も鼻も口もおおむね決まった。

残る大きな関所は、目だ。

目が似る似ないでは、ずいぶんと違ってくる。

「じゃあ、いよいよ目です」

「はい」

「まず大きさから。左と右は同じくらいの大きさですか？」

そんなところから、おなおは問いを始めた。

一枚板の席では、隠居と元締めが猪口《ちょく》を傾けながら烏賊めしを賞味していた。

「深いねえ」

信兵衛がうなる。

「これは江戸烏賊めしだね」

隠居が笑みを浮かべた。

「江戸烏賊めし?」

時吉は少しいぶかしげな顔つきになった。

「ぐるっと囲んでいる烏賊は江戸のご府内だ」

季川は箸で示した。

「ああ、なるほど」

時吉は得心のいった顔つきになった。

「中の江戸の町には、いろいろな人がいて、見世があって、それぞれがいい味を出してる。そのさまを彷彿《ほうふつ》させるじゃないか」

「味つけも江戸風だしね」

信兵衛も満足げに言った。

「では、江戸烏賊めしということで、名をいただきます」

時吉がそう言ったとき、座敷で声があがった。

「あっ」

そう口走ったのは、おしんだった。

左が一重で、右が奥二重。

そんなまぶたを持つ目を顔に描き入れると、にわかに似面に芯《しん》が入った。

おしんはいくたびも続けざまに瞬きをした。

そして、思わずこう口走った。

「おとっつぁん……」

目が入ることによって、おなおの腕がたしかだったことが分かった。

「これでいいんですね？」

おなおがいくらか年上のおしんにたずねた。

「はい。これでそっくり」

「あとは眉を」

気の入《はい》った顔つきで、おなおはまた筆を執《と》った。

ほどなく、初次郎の似面ができあがった。

「どうだい。よく似てるかい？」

隠居が声をかけた。

「こんなにそっくりになるとは思いませんでした。どこから見ても、これはおとっつあんです」

いくらか上気《じょうき》した顔で、おしんは言った。

「なら、何枚か描き増ししてもらってほうぼうに貼れば、そのうちきっと見つかるわ」

おちよの声に力がこもった。

# 第四章 鶏田楽《とりでんがく》

## 一

「承知しました」

小間物問屋の手代の多助が言った。

「手前はあきない柄《がら》、ほうぼうを廻らせていただいています。人の顔を憶えるのもわりかた得手《えて》のほうですから、もし見かけたら分かると思いますので」

多助はそう言って、いま一度似面を見た。

「頼みますね、多助さん。地口《じぐち》みたいだけど、これは人助けなので」

おちよが言った。

「はい。……で、もし見つけたら自身番に告げればよろしいのでしょうか」

多助はたずねた。

「それじゃ、おたずね者みたいだな」

鶏田楽《とりでんがく》の下ごしらえをしながら、時吉が言った。

のどか屋は中休みが終わり、そろそろ二幕目が始まる頃合いだ。

「自身番に告げても、万年さまに伝わるかどうか」

おちよが首をかしげた。

「あの旦那は隠密廻りなので、定廻り同心の旦那みたいに自身番を廻るわけじゃないですから」

旅籠の支度を整えてきたおけいが言った。

おしんは元締めの信兵衛が持っている巴屋《ともえや》の手伝いに出ていた。のどか屋とは同じ通りだから、もし何かあればすぐ伝えることができる。

「では、自身番はやめたほうがよさそうですね」

多助が言った。

「親方に鑿を向けた件は、もうお咎めはないだろうけど、藪《やぶ》をついて蛇を出すこともあるまいからね」

と、時吉。

「なら、とりあえずうちに知らせてくださいな」

おちよの言葉に、多助は力強くうなずいた。

それからしばらく、恋仲のおそめといくらか離れたところで話を始めた。何か相談があるようだが、むろん中身までは分からない。

ほどなく、千吉が手習いから帰ってきた。

「子《し》、のたまわく……」

感心にも、習ってきた文句を大声で唱えながら戻ってくるからすぐ分かる。

「では、お見かけしたら急いでこちらへまいります」

話が一段落したところで、多助は笑顔で言った。

「気をつけてね」

おそめが女房のような顔で送り出す。

おちよもおけいも、その様子をほほえましそうに見守っていた。

## 二

おなおが描き増しした似面は、さまざまなところに渡った。

のどか屋はむろんのこと、馬喰町の力屋、浅草の長吉屋、岩本町の湯屋と弟子の吉《きち》太郎《たろう》が営んでいる「小菊《こぎく》」など、見知り越しのところにはもれなく初次郎の似面が貼り出された。

似面には、こんな文句が添えられていた。

たずねびと　初次郎
親方はぶじ
あんしんして　よこやま町　のどか屋へ

本人が似面を見ないともかぎらない。初次郎は、鑿を向けてしまった親方が深手を負い、ことによると死んだかもしれないと思っているはずだ。だからこそ、人目を避けて逃げ回っている。「親方はぶじ」だと知れば、おのれのほうからのどか屋に顔を出してくれるかもしれない。そんな望みもこめて、似面に文句を添えたのだった。

見世ばかりではない。江戸の町のほうぼうを歩くつとめの者にも、初次郎の似面が渡った。

小間物問屋の手代の多助、野菜の棒手振りの富八、よ組の火消し衆、そして、真打《しんう》ちはこの男だった。

「本所方《ほんじょかた》にも回してきたからよ」

万年平之助はそう言って、鶏田楽の串をわしっとほお張った。

「ご苦労さまでございます」

厨から時吉が言う。

もうだいぶ日が暮れてきた。長吉屋へ行ったのかどうか、今日は隠居も元締めも顔を出さなかった。そのせいで一枚板の席はいささか寂しいが、座敷は二組の泊まり客で埋まっている。

一組は江戸見物の夫婦《めおと》、あと一組は流山《ながれやま》の味醂の醸造元のあるじと番頭だった。江戸にあきないの用があるたびに、ありがたいことにのどか屋に泊まってくれる。そういったのどか屋を常宿《じょうやど》にしてくれる客の口から口へと評判が伝えられたおかげで、泊める部屋がなくてよその宿へ回っていただくこともしばしばあった。

「おお、うめえな」

万年同心が笑みを浮かべた。

今日は釘売りのなりだ。

引き出しがたくさんついた匣《はこ》の中には、申し訳程度だが本物の釘も入っている。ときには本当にあきないもするというのだから、やつしに念が入っていた。

「ほんに、おいしゅうございますな」

座敷の客からも声が飛んだ。

「おう、味噌地をあらかじめしみこませてからぱりっと焼いたんだろう？　その加減がえも言われねえや」

甘《あめ》え、ばかりの上役と違って、万年平之助は味にうるさい。そのお墨付きとなれば胸を張ることができた。

「ありがたく存じます。ちょうどいいもも肉が入ったので、鶏田楽にしてみました」

時吉は言った。

「これはうちの味醂でのばしていただいてますね？」

流山の醸造元のあるじが言った。

「さようです。白味噌を極上の味醂でのばしてもも肉の裏表に塗り、味がなじんだところで強火でぱりぱりになるまで焼くんです」

「ありがたいことです」

「味醂づくり冥利《みょうり》に尽きますね、旦那さま」

「そうだね、番頭さん」

座敷の主従はいたって上機嫌だった。

「それに、付け合わせの焼き葱がまた粋じゃねえか」

万年同心が筏《いかだ》に見立てた白い焼き葱を箸でつまみ、口中《こうちゅう》に投じた。

「焼くとさらに甘みが出ますから」

時吉が答えた。

「ほんに、おいしい」

「ここにして良かったな」

座敷の夫婦が小声で言ったが、おちよと時吉の耳にもはっきりと届いた。毎日が忙しく、正月の休みもないけれども、旅籠付きの小料理屋にして良かったと思うときだ。

「そうそう、肝心なことを」

万年同心が軽く手を打ち合わせた。

「初次郎の親方にも話をつないできたんだ。様子をうかがいに、近くへ来るかもしれねえからな」

「なるほど。で、親方は何と？」

時吉はいくらか身を乗り出した。

「鑿で刺された当座は頭に血が上ったが、よくよく思案してみりゃ、おのれのほうにも非はあった。周りや親族からも意見されたので料簡を改め、いまはいろいろ神信心もしている。おかげで、まるくなった、昔とは別人みてえだと言われるようになったと、いい職人のつらで言ってたぜ」

それを聞いて、おちよが思わずほっと息をついた。

「んなわけで、たとえ親方の仕事場の近くで面が割れたって、刃物をふりかざして追いかけられるわけじゃねえ。初次郎が見つかりさえすりゃ、すべてはまるく収まるはずなんだが」

万年同心はそう言うと、また次の串に手を伸ばした。

三

その翌《あく》る日――。

小間物問屋、美濃屋の手代の多助は、浅草の並木町《なみきちょう》の蕎麦屋でもりをたぐっていた。

箸を止め、ほっと一つ息をつく。

今日こそは、旦那さまに話してみるつもりだった。

年季が明けるまでは修業中の身だ。女房を娶《めと》ることはできないというのが美濃屋のしきたりだった。

それゆえ、たとえ決まった人がいたとしても、年季が明けるまではひたすら時を待つのが常だった。

そこを、まげておそめちゃんと一緒にさせてもらうわけにはいかないだろうか。

多助はそう思案した。

あるじの卯次郎《うじろう》はあきない熱心で、少しずつ財を重ねていまの身代を築いた。

身を粉《こ》にしてお客さまのために働く。奉公人は、年季が明けるまではとにかく修業を重ねる。

そういった昔気質《かたぎ》のあきんどで、理に合わないことは嫌うたちだ。ことによると、一喝されて終わりかもしれないが、当たって砕けるつもりだった。

年季を延ばしてもらってもいっこうにかまわない。とにかく、おそめと一刻も早く一緒になりたかった。

多くの人が亡くなった先の大火で、多助もおそめも両親を亡くし、天涯孤独の身となった。

その慰霊の場で、二人は巡り合った。何か大きな力が働いて、出会うべき人に出会うことができた。多助はそう思っていた。そういった思いをぶつけてくだされば、旦那さまも折れてくださるかもしれない。おかみさんも口添えをしてくださるかもしれない。

多助は一つうなずき、また箸を動かしだした。

「ありがたく存じました」

蕎麦屋のおかみの声が響いた。

蕎麦湯を呑み干した一人の客が、銭を置いて腰を上げた。

多助は瞬きをした。

何か妙な感じがしたのだ。

いま出ていこうとしている客は、むろんのこと役者ではない。なのに、まるで役者であるかのような、妙な感じがした。

そのわけに、ゆくりなく多助は気づいた。

はっとして、ふところに忍ばせてあったものを取り出す。

似面だ。

間違いない……。

心の臓の鳴りが速くなった。

「もし」

多助は声をかけた。

男が振り向く。

「初次郎さんですね？」

多助が問うと、今度は男のほうがはっとしたような顔つきになった。

すぐさま逃げ出す。

「もし。お待ちくださいまし」

多助が追う。

「あの、お代を」

おかみもあわてて追った。

「もし、初次郎さん、お待ちを」

多助は懸命に追ったが、男の足は速かった。

角を曲がったときには、どこの脇道に入ったことか、もう姿が見えなかった。

もうしばらく探してみたが、多助はあきらめて引き返した。

蕎麦のお代を払っていないし、あきないの荷もそのままだった。

戻ると、おかみがほっとしたような顔つきになった。

蕎麦湯も呑まずにお代を払い、多助は見世を出た。

おそめの件を切りだすために見世に戻ろうとした多助は、途中できびすを返した。

いまの件を伝えるのが先だ。

見世に戻るのはいくらか遅くなるが、わけを話せば分かってもらえるだろう。

多助はのどか屋に向かって歩きだした。

だが……。

多助がのどか屋ののれんをくぐることはなかった。

途中で目鬘《めかづら》売りから声をかけられたからだ。

「おい、多助」

声の主の顔を見て、多助の表情が変わった。

わらべに大人気の目鬘売りに身をやつしていたのは、万年平之助同心だった。

「万年さま、そこで初次郎さんを見かけたんです」

多助は口早に言った。

「何っ？　本当か」

「はい。間違いなく初次郎さんでした。そこの蕎麦屋を出て、大川のほうへ向かう道を……」

多助はいくたびも身ぶりをまじえて言った。

「よし分かった。あとはおれに任せろ」

万年同心が言った。

かくして、うまくつなぎが行われた。

## 四

「冷やで」

客が見世を見回してからあるじに告げた。

「へい。肴はどういたしやしょう」

頭に鉢巻きをしたあるじが問う。

「任せでいい」

客はぶっきらぼうに答え、土間に腰を下ろした。

両国橋の西詰から薬研堀《やげんぼり》に入ったあたりの路地に、一軒の煮売屋がある。そこへ見かけない客が入ってきた。

脚絆を解こうともせず、何がなしに浮かぬ顔で腕組みをしている。

おしんの父の初次郎だった。

つい魔が差して親方に鑿を向けてしまい、後も見ずに逃げた。あれからだいぶ経ったが、つい昨日の出来事のように思われる。

「お待ち」

おかみが酒と肴を運んできた。

煮蛸《にだこ》とあたりめ。ごくありふれた肴だ。

「なんだかよう、せち辛《がれ》えご時世じゃねえか」

「おうよ。おいら、寄席《よせ》を楽しみにしてたのによ」

煮売屋の小上がりの座敷では、常連とおぼしい揃いの半纏《はんてん》の大工衆が呑んでいた。

知らぬ間に、江戸では寄席が禁じられるようになってしまったらしい。いわゆる天保の改革の一環だ。

「お武家は日傘を使っちゃいけねえんだとよ」

「いくら暑くたって、我慢しなってことか」

「そりゃいいけどよ。傘をつくってる職人の身になってみなってんだ」

大工衆は酒を呑みながらご政道に文句をたれていた。

職人か……。

初次郎はおのれの指を見た。

版木職人として、小さいときから一心に励んできた。その年輪は、まだ初次郎の指に刻まれていた。

だが……。

魔が差したあの刹那《せつな》に、すべては終わってしまった。少しずつ築き上げてきたものを、おのれの手でぶちこわしてしまったのだ。

初次郎は枡酒を呑んだ。

世辞にもうまい酒ではない。その味がひどく苦く感じられた。

江戸から逃れてからは、ほうぼうを渡り歩いた。川越《かわごえ》で荷役をし、粕壁《かすかべ》では畑仕事もした。

いくたびも江戸へ帰ろうと思った。

もちろん、わが子には会いたかった。会ってわびを言いたかった。

親方がどうなったか、それも知りたかった。もし殺《あや》めてしまっていたとしたら、おしんは咎人の子だ。さげすまれて、日陰で暮らすことになってしまうかもしれない。

すべては、身から出た錆《さび》だった。

初次郎はまた酒を呑んだ。

大工衆は普請場の文句をたれだした。人をこきつかっておいて、金払いが悪い。江戸っ子の風上《かざかみ》にも置けねえ、とさんざんな言いようだった。

ああいうふうに、酒でまぎらしていればいいだけの話だった。そういった連中とともにたまに用ほかにも親方からきつく当たられていた者がいた。そういった連中とともにたまに用にかこつけて仕事場を抜け出し、親方の愚痴をこぼしながら酒でも呑んでいれば良かったのだ。

もう遅い……。

あのときには戻れない。

いくらあそこからやり直したいと思っても、時は戻ってはくれない。

そして……。

そこの広小路で、おしんから声をかけられたとき、思わず怖くなって逃げてしまった。おかみから追われているとしたら、もし捕まったら遠島か死罪になってしまうかもしれない。

そう思うと、矢も楯《たて》もたまらなくなってしまった。初次郎はうしろも振り返らず、両国橋を渡って本所のほうへ逃げた。

あのとき、背にかけられた言葉は、いまも耳の奥で鳴っている。

「おとっつぁん……」

だんだんたまらなくなってきた。

肴の煮蛸の味もろくに分からなかった。酒は、ただただ苦かった。

巾着《きんちゃく》の中の銭はもう乏しくなっていた。今夜、木賃宿《きちんやど》に泊まれば、明日からは何か仕事を探さなければ雨露もしのげなくなってしまう。

しかし、口入屋《くちいれや》に行けば、たちどころに怪しまれ、下手《へた》をすると捕まってしまうかもしれない。

本郷《ほんごう》の親方の仕事場のほうへ様子を見に行ったこともある。だが、本郷竹町の藪が行く手に見えただけで心の臓の鳴りが激しくなって、そこで引き返すしかなかった。

おのれが情けなかった。

初次郎は残りが少なくなった酒をじっと見つめた。枡にわずかに残った苦い酒。それがおのれの人生のように感じられた。

枡を見つめていたおかげで、新たに入ってきた客には気づかなかった。

額に目鬘をつけた面妖ないでたちの男は、一つうなずくと、初次郎のほうへ歩み寄った。

そして、肩をぽんとたたいて言った。

「探したぜ、初次郎」

初次郎はやにわに立ち上がった。

「おっと、待ちな。もう逃げなくてもいいんだ」

万年同心は言った。

初次郎は逃げようとした足を止めた。

「親方は無事だ。もう何の咎めもないんだ、初次郎」

畳みかけるように、隠密廻りの同心は言った。

「ほんとですかい?」

初次郎はしゃがれた声で問うた。

「本当だ。おれはこんななりをしてるが、隠密廻り同心の万年平之助だ」

それを聞いて、成り行きを見守っていた大工衆と見世のあるじとおかみが、いくらか得心のいったような顔つきになった。

「隠密廻りの……」

初次郎がうめくように言う。

「ここじゃ何だから、おれの知ってる見世で話を聞こう」

「へい」

初次郎は力の抜けたような顔つきで答えた。

「のどか屋っていう見世だ。いまはもう帰ってるが、娘のおしんはそこで働いてる」

万年同心は告げた。

「おしんが、そこで……」

喉の奥から絞り出すように、初次郎は言った。

「明日には会えるぞ。今度こそ、逃げるなよ」

同心の言葉に、初次郎は首をゆっくりと縦に振った。

# 第五章　そろい踏み飯

## 一

「つれてきたぜ」

のれんをくぐるなり、万年同心が自慢げに言った。

一枚板の席の客が振り返る。

隠居と元締めだ。

「初次郎さんですね？」

時吉が先に声をかけた。

似面をいやというほど見ている。名乗らなくても、それがだれかすぐ察しがついた。

「娘が……世話になっております」

初次郎はていねいに頭を下げた。

「お座敷がちょうど空いておりますので、ごゆっくり」

おちよはそう言うと、丸まって寝ていた猫のゆきとしょうの親子の頭をぽんぽんとたたいた。

心得たもので、のどか屋の猫たちはそうされるとべつのところへ移っていく。裏手には梯子段《はしごだん》が二つもあるし、猫の居心地のいいところには事欠かなかった。

「なら、呑みながら話を聞こう。……今晩は旅籠に空きがあるかい？」

同心はおちよにたずねた。

「ちょうど一階の部屋が空いてますので、お泊まりください」

おちよは初次郎に声をかけた。

「ありがてえことで」

軽く両手を合わせると、初次郎は長い息をついた。

「いまからだと遅くなるからね」

元締めはそう言うと、座敷のほうへ歩み寄った。

「信兵衛と申します。この界隈で旅籠をいくつかやらせていただいております。おしんちゃんはよく働いてくれるので、ずいぶん助かってます」

腰を低くして、おのれのほうからあいさつした。

「娘が世話になっております」

初次郎は重ねて言った。

「わたしはただの常連で、大橋季川と申す者です」

隠居が温顔で言った。

「ただの常連、でよろしいんでしょうか」

おちよが笑みを浮かべた。

「なに、ただの常連だよ。ここのあるじでもおかみでもないんだから」

隠居がそう言ったから、のどか屋にそこはかとない和気が生じた。

「明日、おしんちゃんが来たら、さぞや驚くだろうな」

同心が言った。

「はい……いままで案じさせちまった分を……」

初次郎はそこで言葉に詰まった。

「ゆっくり、じっくり取り戻していけばいいさ」

万年同心の言葉に、元版木職人は唇をかんでうなずいた。

酒が来た。

飯も運ばれてきた。

茸の炊き込みご飯だ。ささがきの牛蒡と短冊切りの油揚げも一緒に炊き込まれている。油揚げから出る油で、牛蒡と茸を炒める。今日の茸は松茸と椎茸と占地《しめじ》。相撲《すもう》でいえば、大関、関脇、小結の三役がそろったかのような按配だ。

茸は三種がそろうとうまくなる。試みに、二種と三種でどう違うか舌だめしをしてみるといい。同じ炊き込みご飯でも、二種と三種とでは味の深さが違う。

それに加えて、茸、牛蒡、油揚げの三役もそろっている。

まさに、そろい踏み飯だ。

きつめに塩と胡椒《こしょう》で味つけし、醬油と酒と味醂を按配よくまぜて炊き込む。江戸ならではの甘辛い濃いめの味つけだ。

釜の音を聞いて仕上げるのが、最後に忘れてはならない勘どころだった。ぷちぷちという音が響きだしたら、中でお焦げができている証《あかし》だ。このお焦げがたまらなくうまい。

「どうぞ。お代わりもありますので」

おちよがすすめる。

「親方が無事で良かったね」

隠居が声をかける。

「はい……それを聞いて、身の力が抜けました」

おしんの父は包み隠さず言った。

「もう逃げ回らなくてもいいからな」

万年同心が言う。

「だれも追ってはこないんだから」

一枚板の席に戻った元締めも和す。

「さ、召し上がってくださいまし」

おちよが身ぶりをまじえて言った。

初次郎は思い出したように箸を執った。

そして、そろい踏み飯を口中に投じ、二度、三度と箸を動かした。

「……うめえ」

喉の奥から絞り出すように言う。

「いまのいままで生きてきて……」

そこで言葉が途切れる。

「こんなにうめえ飯は食ったことがねえか」

初次郎の心を推し量って、万年同心が言った。

おしんの父は、ゆっくりとうなずいた。

その味が、香りが、かみ味が……胃の腑ばかりか、五臓六腑《ごぞうろっぷ》に広がっていくかのようだった。

あの日から、どんなに炊きたてのうまい飯を食っても、砂をかむような味がした。

大変なことをしでかしてしまった。もう江戸には戻れない。家族に会うこともできない。

そう思うと、食い物の味もろくに分からなかった。

だが……。

いまは違った。

そろい踏み飯の具が、飯が、その飯粒が、香ばしいお焦げが……口いっぱいに広がり、初次郎の身の隅々にまでしみわたっていった。

「うめえ……」

初次郎は重ねて言った。

「こんなうめえ飯を、また……」

そこで言葉が途切れた。

江戸へ戻ってきた男の目尻からほおへ、あたたかいものが流れ落ちていく。

「これからは、いくらでも食べられるよ」

隠居が優しい声をかけた。

「へい……」

初次郎は袖で涙をぬぐい、また箸を動かした。

そろい踏み飯はたちどころになくなった。

「お代わりをお持ちしましょう」

おちよが手を伸ばす。

「すまねえことで」

初次郎はわずかに笑みを浮かべた。

そのとき、のれんが開き、二人の客が入ってきた。

「あっ」

一人が素っ頓狂な声をあげた。

岩本町の湯屋のあるじだった。

## 二

「湯屋の似面をはがしとかねえとな」

寅次が言った。

「うちも、帰ったらさっそく」

そう言ったのは、「小菊」のあるじの吉太郎だった。

持ち帰りもできる細工寿司とおにぎりの見世として、岩本町の名物になっている。

寅次の娘のおとせとのあいだにできた男の子もずいぶん大きくなってきた。元はのどか屋の猫だったみけも元気らしい。

「手間をかけます」

どこか薄紙がはがれたような顔つきで、初次郎が言った。

「なら、座敷もにぎわってきたことだし、おれはそろそろ」

万年同心がすっと腰を上げた。

「おつとめですかい？」

湯屋のあるじが問う。

「おう。ぶらぶらと流しながら、八丁堀《はっちょうぼり》に戻るぜ」

「おつとめ、ご苦労さまでございます」

おちよが笑顔で言う。

「今晩はいい夢を見るかもしれねえな」

初次郎を見つけた同心は、上機嫌で出ていった。

入れ替わるように、よ組の火消し衆が現れた。

と言っても大勢ではない。かしらの竹一《たけいち》と纏持《まといも》ちの梅次《うめじ》の二人だけだった。今日は火消しの寄合の帰りらしい。

「どっかで見たような顔だと思ったら、これだったのかい」

かしらはふところから似面を取り出した。

「よく描けてましたからね」

纏持ちが実物と見比べて言った。

「ほんに、ありがてえかぎりで」

初次郎はそう言って、あでやかに盛られたお重《じゅう》に箸を伸ばした。

吉太郎が土産に持ってきた紅葉ちらしだ。

人参と大根でかたどり、巧みに色が施された紅葉が寿司に散らされている。

色はそればかりではない。海老や椎茸や銀杏《ぎんなん》なども配された、目もあやなちらし寿司だ。このところ「小菊」ではよく出ているらしい。

「つみれ汁が頃合いですが、召し上がりますか？」

時吉が声をかけた。

「おう、いいね」

よ組のかしらが真っ先に手を挙げた。

「おいらも」

岩本町のお祭り男も続く。

「初次郎さんは？」

おちよが水を向けた。

「なら……頂戴しまさ」

初次郎はいくぶん上気した顔で答えた。

「この似面を描いた娘さん、これからはどうするんだい？」

かしらの竹一がたずねた。

「品川でご両親が健在なので、一緒に暮らしながら絵の修業を続けるそうです。お父さんも似面師なので、品川の名刹《めいさつ》の境内でおつとめもするとか」

おちよが答える。

「亡き先生の遺作が中途で残っているので、折を見て根岸に足を運んで仕上げたいとも言ってました。……はい、お待ち」

時吉はまず一枚板の席に汁を出した。

「来た来た」

「香りだけでうまそうだね」

隠居と元締めが受け取る。

鰯《いわし》のつみれ汁だ。

脂の乗った鰯を三枚におろし、腹骨をすき取る。それから皮をていねいにむき、細かく切ってすり鉢に入れる。

合わせるのは葱のみじん切りに味噌、それにおろし生姜だ。これをすり混ぜることによって、魚の臭みが消えてうま味だけが残ってくれる。

さらに、半個分の溶き玉子をまぜて団子のかたちにきれいにまとめる。玉子を加えることで、つみれの舌ざわりも味もなめらかになってくれる。

つみれ団子のゆで方には小技を使う。初めは湯だけでゆでるが、いったんざるに取り、味噌汁と二番だしを半々に合わせた半割り汁で煮て下味をつけてやるのだ。こうすることによって、さらに味に深みが増す。

本番の味噌汁には一番だしを使う。あつあつのつみれを椀に盛り、細切りの茗荷《みょうが》をあしらってから味噌汁を張れば出来上がりだ。

「相変わらずの口福だね」

隠居が笑みを浮かべた。

「鰯が成仏してるよ」

元締めも和す。

座敷にはおちよが運んでいった。さっそくみなが味わう。

「このつみれにゃ、いろんなものがぎゅっと詰まってるな。人生の味がするよ」

よ組のかしらがしみじみと言った。

「汁がまたうまいっすね」

纏持ちが白い歯を見せた。

「人生の味、か……」

初次郎はそう言って、またほっと息をついた。

「そのとおりだな。味のある連中がひとまとめになって、湯船に浸かってるみてえじゃねえか」

「それじゃあんまりおいしそうじゃないですよ」

吉太郎が義父に向かってそう言ったから、一枚板の席からも笑い声が響いた。

「ところで、これから仕事はどうするんだい」

竹一が初次郎にたずねた。

「へい、それが……」

初次郎はいったん椀を置いた。

「まずは親方にわびを入れなきゃなりません」

「そりゃそうだな。あきない道具を向けて、傷つけちまったんだから」

と、竹一。

「ただ、それで許してもらって、明日からまた版木職人に戻れるとは思っちゃいません。世の中、そんなに甘かねえ」

初次郎は言った。

「戻りたいかい、版木職人に」

隠居が問うた。

「職人の指になっちまってるもんで……寝てるあいだにも、勝手に指が動いたりしまさ。版木を彫りてえ、また仕事がしてえ、と指がうずくんでさ」

初次郎はそう言って、長いあいだの修業で培《つちか》ってきたほまれの指をかざした。

それを聞いて、時吉は小さくうなずいた。

職人がつくるものとは違って、料理はあとに残らない。たちどころに消えていく儚《はかな》い時分《じぶん》の花だ。

それでも、心意気は同じだ。職人と同じく、料理人もほまれの指を持っている。指や手が仕事を覚えている。

「もし親方のお許しが出なかったら、よそへ行くという手はないのかい」

信兵衛がたずねた。

「そりゃできねえ」

おしんの父はすぐさま首を横に振った。

「あきないがたきのところへ移ったりしたら、この指が泣きまさ」

初次郎は節くれだった指をかざした。

「ただ、使われなくても……」

そこまで言った吉太郎がにわかに口をつぐんだ。

使われなくても指が泣く。

その気持ちは、ほかならぬ初次郎が痛いほど分かっているはずだ。

「そんなこと言ってやるなよ」

それと察して、寅次が言った。

「……身から出た錆でさ」

初次郎はそう言うと、思い出したように残りのつみれ汁を胃の腑に落とした。

「お代わりは？」

おちよが問う。

「いや……もう胸がいっぱいで」

初次郎は力なく首を横に振った。

「すべては親方しだいだがね」

そう前置きしてから、隠居が言った。

「捨てる神があれば、拾う神もきっとあるよ。それが江戸の町だから」

隠居の白い眉がいくらか下がる。

「おしんちゃんと一緒に水入らずで暮らすことになるんだから、うちの仕事を手伝ってもらえばいい。汚れた布団を運んだりする男手はいるからね」

旅籠の元締めが言った。

「お、さっそく拾う神が現れたな」

寅次が両手を打ち合わせた。

「火消しはなにかと顔が利くから、普請場などで働く気があるんなら、いくらでも取り持つよ」

よ組のかしらも言った。

「ありがてえ」

初次郎が手を合わせた。

「人の情けは、身にしみるな」

寅次がそう言って、吉太郎から注がれた猪口の酒を呑み干した。

「とにかく、明日ですね」

おちよが笑顔を向ける。

「おしんちゃんには、わたしからよく言っておくから」

信兵衛が言った。

「どうかよしなに」

初次郎はていねいに頭を下げた。

「なら、朝膳と昼膳のあいだあたりに」

時吉が元締めに言った。

「ああ、つれてくるよ」

「それまで、うちの名物の豆腐飯を召し上がって、待っていてくださいまし」

おちよが初次郎に言う。

「今日は大きな荷を下ろしたんだ。ゆっくり休みなさいな」

隠居が声をかけた。

「そうさせてもらいまさ」

初次郎はわずかに息を含む声で答えた。

「何なら、これからうちの湯屋に来るかい？　ただにしといてやるから」

寅次が水を向けた。

「この近くでございましょうか」

「近いっちゃ近いが、岩本町だからそれなりには歩くな」

湯屋のあるじが言う。

「さようですか……」

初次郎はいくらか思案してから答えた。

「せっかくですが、力が抜けてしまって、歩けそうもねえんで」

「はは、無理にとは言わねえよ」

寅次は笑った。

「お部屋はすぐ隣なので」

おちよは身ぶりをまじえて言った。

「なら、もうちょっと呑ませてもらいまさ」

初次郎は笑みを浮かべた。

三

湯屋のあるじは油を売りに来ただけだし、吉太郎には明日の仕込みがある。ほどなく二人は岩本町へ帰っていった。

火消しの二人も、住まいはちょっと離れている。続けて腰を上げ、見廻りがてら戻ることになった。

「こっちへいらっしゃいな、初次郎さん」

隠居が一枚板の席をあけた。

「座敷に一人じゃ寂しかろうよ」

元締めも手招きする。

「ありがたく存じます。なら……」

初次郎は腰を浮かせ、一枚板の席に移った。

座敷には、泊まり客が戻ってきて座った。行徳《ぎょうとく》から江戸の息子の様子を見にきた夫婦だった。

聞くところによると、小間物問屋で修業をしてきた息子が、年季が空けるや一念発起して三十六文見世を開いたらしい。さまざまな品を一律の三十六文で売るよろず屋のようなあきないだ。その知らせを聞いて、心配で矢も楯もたまらなくなって江戸へ出てきたという話だった。

「いかがでございました？　駒形堂《こまんどう》の息子さんのお見世は」

酒を運びがてら、おちよがたずねた。

「しばらく様子をうかがっていたんですが、お客さんがわりかた来てくださってたので、ほんとにもうほっとしました」

「はやってなかったら、どんな顔で会いに行こうかと思ってたもので」

夫婦は心底ほっとしたような表情で答えた。

「それは良うございました」

おちよの顔が華やぐ。

「まあ、でも、これからもやっていけるのかどうか、案じ出したらきりがなくって」

「親心はありがたいね」

一枚板の席から、隠居が言った。

「おいらなんか、娘に心配ばかりかけちまって」

初次郎が苦笑いを浮かべた。

「なに、これからいくらでも取り返せるさ」

信兵衛がそう言って酒を注いだ。

「おや、人なつっこいね」

客が座敷にごろんと転がって腹を見せたちのを見て言った。

「この子は物怖《お》じしないので」

「あ、こっちの猫もごろんしたよ、おまえさん」

娘猫に負けじとばかりに、同じ茶白の柄ののどかまでごろんと座敷に転がったから、のどか屋に和気が満ちた。

「では、息子さんのお見世がうまくいったお祝いに」

時吉がそう言って、気の入《はい》った料理を出した。

蓮根《れんこん》の海老ばさみ揚げだ。

穴が多くてしゃきしゃきしたかみごたえの蓮根は千吉の好物だ。薄く切って素揚げにし、塩をまぶしたものでも喜んでばりばり食べる。

今日は厚めに切り、酢水にさらしてあくを抜き、海老の身をすりおろしたものをはさんで揚げた。片栗粉《かたくりこ》と味醂と塩、それに玉子をよくすりまぜて伸ばしたものをはさんで揚げ、紅葉おろしと天つゆでいただく。

「おお、これは香ばしい」

「海老の風味もあって、おいしゅうございますね」

泊まり客の評判は上々だった。

「……うめえ」

初次郎もうなった。

「のどか屋じゃないと出ない料理だからね」

「そうそう。こういったかみ味と風味を響き合わせるところが絶品だ」

隠居と元締めが言った。

続いて、座敷の泊まり客にもつみれ汁が出た。

「どのお料理にも、味がぐっと詰まってますね」

女房のほうがおちよに言った。

「ありがたく存じます。どのお皿やお椀も……」

そこまで言って、おちよは時吉のほうを見た。

「人生をぎゅっと煮詰めたような味になるようにと、念じながらつくらせていただいています」

日ごろよりおちよに話していることを、時吉は客に伝えた。

「それはいいことを聞いた」

客がひざを打った。

「明日またせがれの見世へ寄ってから帰るんですが、言っておいてやりますよ。たった三十六文の品でも、お客さんの人生にとって大事なものになるかもしれないんだから、心をこめて売れ、と」

「いい言葉だね。これでもう息子さんの見世は安泰だよ」

隠居が太鼓判を捺した。

「人生の味、か……」

初次郎が猪口の酒を呑み干し、しみじみとした口調で言った。

いくらか間があった。

呑む酒も人もそれぞれ違へども……

俳諧師の隠居が、だしぬけに上の句を唱えた。

「さあ、付けておくれ、おちよさん」

弟子に向かって笑顔で言う。

「そんなやぶから棒に」

おちよはちょっと困った顔つきになったが、のどの調子を整えると、やや気を持たせてから言った。

ここにも一つ人生の味

「決まったね」

旅籠の元締めが笑った。

それにつられるように、初次郎もわずかに笑みを浮かべた。

# 第六章　名物豆腐飯

## 一

夜が明けた。

初次郎はあまり眠ることができなかった。

いよいよ娘のおしんに会う。顔を合わせたら何と言おうか、どうわびようか。そう思案しているうちに酔いが醒《さ》め、だんだんに目が冴《さ》えてきた。

会わなければならないのは娘だけではない。版木彫りの親方の音松には両手をついて心からわびなければならない。そのときのことを思い浮かべると、心の臓の鳴りが速くなった。

もともと、初次郎は口数が少なく、仕事場でも目立たないほうだった。黙々と鑿を動かし、版木を彫ることに気を集めていた。

若いころから、派手な喧嘩をしたこともなかった。江戸っ子らしく気は長いほうではないが、口より先に手が出たりはしなかった。

本当にあのときだけだった。魔が差してしまったのだ。

夜更けの思いは、さらに千々《ちぢ》に乱れた。

おしんが無事だったのは何よりありがたいが、あとで聞かされた。のどか屋のおかみが気の毒そうに告げたのだ。

女房のおつやと、せがれの初助は、もうこの世の者ではなかった。

仕事が立てこんでいて、なおかつ彫りがむずかしいときは、つい声を荒らげてしまうこともあったが、おつやはよくついてきてくれた。通い職人で実入りが乏しい分は、染め物などの内職で助けてくれた。

(おれがあんなことになって、江戸から逃げたあとに早わずらいで死んじまったとは。おれが殺《あや》めちまったようなもんだ)

枕辺に悔いの涙が流れた。

そして……。

返す返すも惜しまれるのは、初助を亡くしたことだった。

江戸で大火があり、多くの人死にが出たことは知っていた。どうか無事でいるようにと、初次郎は鳥居を見かけるたびにくぐって祈っていた。

だが、その思いは空《むな》しかった。

初助は、たった十七で死んでしまった。

大工の修業に出たのは、初助の望みだった。

版木彫りのように日の差さないところに閉じこもって鑿を動かすより、風を感じながら鉋《かんな》や鋸《のこぎり》を動かすのが性に合っているらしい。できることなら、版木彫りのほまれの指を受け継いでもらいたかったが、そういう望みなら致し方ない。初次郎は品川の棟梁のところへ快く送り出した。

親の欲目もあるだろうが、腕は立つし気風《きっぷ》もいい若者だった。棟梁の覚えもめでたかった。

いずれはひとかどの大工になって、江戸のさまざまな普請場で働くことになるだろう。初次郎にとっては、初助は自慢の息子だった。

その初助が大火で死んでしまったとは……。

できることなら、代わってやりたかった。

（親方に鑿を向けちまった愚かなこのおれが死ねば良かったんだ。どうしてあいつが……)

そう思うと、また枕が涙に濡れた。

それやこれやで、明け方にいくらかうとうとしただけだった。

二階の部屋だから、隣の小料理屋の気配が分かる。

朝早くから厨仕事をしている様子は、手に取るように分かった。

ほどなく、いい匂いが漂ってきた。

初次郎は身を起こし、支度を整えはじめた。

二

「これが名物の……」

木の匙を持ったまま、初次郎は言った。

「はい、豆腐飯でございます。初めはお豆腐だけすくって、それからわっとまぜて薬味を添えてお召し上がりくださいまし」

おちよが食べ方を伝えた。

初次郎はそのとおりにした。

「うめえ……」

おしんの父は感に堪えたように言った。

「ほんに、おいしゅうございますな」

「評判どおりの味で」

夫婦の泊まり客が座敷から声を響かせる。

「汁もうめえ」

初次郎がうなった。

葱と大根に油揚げ。

奇をてらったところのない味噌汁だが、合わせ味噌の按配が絶妙で、まるで身の中が洗われていくかのようだった。

泊まり客ばかりでない。朝膳から早くも土間にまで客が入っていた。

そろいの半纏の飛脚衆だ。

「おれら、朝が早え仕事にはかえってありがてえんだ」

「のどか屋の豆腐飯が食えるからよ」

「ちょいと遠回りしてでも食いにくるぜ」

飛脚衆はうれしいことを言ってくれた。

わしわしとかきまぜて食すその食べ方を見ていた初次郎は、薬味に所望した粉山《こなざん》椒《しょう》をかけてまぜ、わっと口中に投じた。

「うめえ……」

また同じ言葉がもれた。

ほかほかの炊きたて飯とまぜて食すと、かみ味が響き合ってえもいわれぬうまさだ。

「わたしら、この豆腐飯があるから、わざわざここへ泊まりにくるんですよ」

あきんどとおぼしい、べつの泊まり客が言った。

「いつもありがたく存じます」

おちよが一礼したとき、猫をだっこした千吉がひょこひょこと入ってきた。

「ありがたく、ぞんじます」

と、母の真似をして頭を下げる。

「はは、小さな番頭さんは朝からお仕事だね」

「ええな、坊」

客が笑う。

「ちょっと前までは『ぞんじまちゅ』って言ってたのによう」

「おう、うまかったな。銭を置いとくぜ」

「これで今日もいちんち走れるぞ」

飛脚衆は上機嫌でがやがやと出ていった。

「まいど、ありがたく、ぞんじます」

だいぶ大人びた口調で、跡取り息子は言った。

だっこされていた猫はゆきだった。柄のある白猫が青い目を見開いて困った顔をしている。

「これ、猫さんが嫌がってるよ」

おちよがたしなめる。

「うん」

千吉が放すと、ゆきは床でぶるぶると身をふるわせ、やにわに前足をなめだした。

その愛らしいしぐさに、またのどか屋に和気が満ちる。

「うまかったです」

初次郎が箸を置いた。

「なら、もうちょっとしたら来ると思いますので」

時吉が声をかけた。

「朝膳の洗い物やお見送り、それにお部屋の片づけが一緒になるもので、いつもそのあたりから入ってもらってます」

おちよが言う。

「つとめが一段落したら、一緒に両国橋の橋詰あたりまで出かけてくればいいでしょう」

時吉が案を出した。

「いいんですかい？」

初次郎が問う。

「そのあたりは、元締めの信兵衛さんも心得てくださってるでしょう」

「積もる話があるでしょうから」

おちよが笑みを浮かべた。

初次郎は黙って頭を下げた。

三

そのときが来た。

「あっ、来ましたよ」

片づけ物をしていたおちよが、それと察して声をかけた。

茶を呑んでいた初次郎が、湯呑みを置いて立ち上がる。

ほどなく、旅籠の元締めの信兵衛とともに、そろいの衣装に身を包んだ三人の女が姿を現した。前はのどか屋で着替えていたのだが、浅草の長屋までの行き帰りも引札《ひきふだ》(広告)になるだろうから、このところは「の」の字をふんだんに散らした派手な服で歩くことにしている。

「おはようございます」

おけいがまず元気よくあいさつした。

「おはよう」

「今日もよしなに」

のどか屋の二人が答える。

「おはよう、千ちゃん」

おそめは千吉に声をかけた。

「おはよう、おそめおねえちゃん」

千吉がはきはきした口調で言った。

そして……。

いちばんうしろに、おしんが控えていた。

「おしん……」
二、三歩、歩み寄ったところで、初次郎は足を止めた。
「ようこそ、お帰り……おとっつぁん」

おしんはふるえる声で言った。

「ああ」

そう答えたきり、初次郎は早くも言葉に詰まった。

あれもこれも言おうとして、さてどれから先に切り出したものか、頭の中が乱れてすっかりまとまりがつかなくなった。

「おしんちゃん、今日のおつとめはいいからね。しばらく水入らずで」

おちよが声をかけた。

「はい」

おしんは短く答えた。

「それはわたしも言ってあるんだよ。遠慮をすることはないからね」

元締めが温顔で言った。

「なら、わたしらはお仕事」

おけいがおそめに言う。

「はいっ」

おそめが元気に答えた。

ここでちょうど泊まり客が出てきた。息子が駒形堂の近くで三十六文見世を開いている夫婦だ。

「世話になりました」

「また豆腐飯をいただきに来ますよ」

どちらも笑みを浮かべて言う。

「これから、息子さんのところへ？」

昼膳の支度をしながら、時吉がたずねた。

「ええ。何か土産を買ってから帰ります」

「三十六文の土産だから、安上がりで」

夫婦はそう言って笑った。

「毎度ありがたく存じました」

おしんが笑顔でおじぎをした。

そのさまを見て、初次郎がうなずく。

いった。

「ありがたくぞんじました」

千吉と物怖じしない猫たちにも見送られ、行徳からの客は上機嫌でのどか屋を出ていった。

「なら……ちょいとそこまで」

身ぶりをまじえて、初次郎が言った。

「ゆっくりで平気ですから」

厨から時吉が言った。

「汁粉でも食べてきてくださいよ」

信兵衛も和す。

胸が詰まった初次郎は、黙って頭を下げた。

「おしるこ、たべるの？」

話が見えていない千吉が無邪気に乗り気で言った。

「あんたは手習いでしょ。早く支度をしなさい」

おちよがすぐさま言う。

「はあい」

千吉はやや不承不承に答えた。

それやこれやで、初次郎とおしんはのどか屋を後にした。

しばらくは、どちらも黙ったまま歩いた。

父が先に立って歩く。

やがて、その足が止まった。

初次郎が向かったのは、両国橋の西詰だった。

四

「このあたりで、おめえに声をかけられたんだったな」

背丈が伸びた娘の顔を見て、初次郎は言った。

「うん……おとっつぁんに間違いないと思って」

おしんが答える。

「……すまねえ」

ひと呼吸置いて、初次郎はわびた。

「おれがあんなことをしでかしちまったばっかりに、おめえらには苦労をかけて
……」

初次郎はそこで唇をかんだ。

「でも……親方は無事だったんだから、お咎めだってないんだから」

おしんは父の目を見て言った。

「お咎めは、あったほうが良かったかもしれねえ。おれのせいで、おつやは死に、初助まで……」

「おとっつぁんのせいじゃないわ」

おしんの声がいくらか高くなった。

「おっかさんは急な病で、弟は大火で……」

そこまで言ったところで、おしんは言葉を切った。

姉思いだった初助のことを思うと、急にたまらなくなってしまうのだ。

両国橋の西詰は繁華な場所だ。人通りも多い。

ちょうどそのとき、そろいの半纏をいなせにまとった大工衆が通りかかった。道具を携えているのでそれと分かる。これから普請場に向かうのだろう。

「今日はぱあっと建てちまおうぜ」

「へい、あとちょっとなんで」

「普請が終わったら、祝い呑みだ」

「詰めてしくじるな。締めていけ」

「へいっ」

にぎやかに掛け合いながら、大工衆が通り過ぎていく。

初次郎もおしんも、胸がつぶれるような心地がした。

初助が大火で命を落とさなかったなら、あのような大工衆の群れにまじっていただろう。今日も元気で働いていただろう。

そう思うと、まだ十七で死んでしまった初助が不憫で、何とも言えない気がした。

「あいつは……ひとかどの大工《でえく》になるって言ってた。おれとおつやの家を建ててやるってよう」

あとからあとから、思い出が数珠《じゅず》つなぎになってよみがえってきた。

「うん、言ってた。親思いの子だったから」

おしんがかすれた声で言った。

「……つれえな」

大工衆の半纏を見送りながら、初次郎が言った。

「あの子の形見が……」

おしんが告げた。

「初助のか」

初次郎は娘の顔を見た。

おしんは一つうなずいてから告げた。

「品川の棟梁さんが届けてくださったの。初助が使ってた鉋《かんな》を。『死なせちまって、すまねえ』って言って」

「……そうかい」

初次郎は続けざまに瞬きをした。

「だいぶ、焼け焦げてた。あの子がこれを使って、大工の修業をしてたと思ったら、もうたまらなくなって……」

こらえきれなくなったおしんは、袖を目に当てた。

「おいらにも、見せてくれ。あいつの鉋を」

初次郎は言った。

「うん」

「あいつが大工になるって言ったとき、おいらは手を見せて言ってやったんだ。『見な、これがおいらのほまれの指だ。おめえも修業を積んで、ひとかどの大工になったら、胼胝《たこ》や節くれができて、ほまれの指になるからな』って、おいらはあいつに……」

かざした指が小刻みにふるえる。

「あの子も言ってた。おとっつぁんにそう教わったって」

「とんだほまれの指だ」

初次郎はこぶしを握った。

「この指が鑿を握って、親方を傷つけちまったんだからな」

「謝ったら、ゆるしてくださるかも」

願いをこめて、おしんは言った。

両国橋を、風が吹き抜けていく。

初次郎は力なく首を横に振った。

「謝って済むことと、済まねえことがあらあな」

元版木職人はそう言って、一歩、二歩と橋を上りだした。

「まあ、なんにせよ、親方にわびを入れなきゃ、あいつの墓参りにも行けねえ」

立ち止まって、おしんを見て言う。

「うん」

おしんはわずかに笑みを浮かべた。

初次郎は欄干に歩み寄った。

「憶えてるか、おしん」

父は娘に問うた。

「何を？」

おしんが問い返す。

「おめえがちっちゃいころ、おいらがおんぶして深川の八幡《はちまん》さまへお参りにいった」

初次郎はいくらか遠い目つきになった。

「いくつくらいのこと？」

「三つか四つだったな」

「憶えてないわ」

「はは、無理もねえ。初助はまだ赤ん坊だったから、おつやが長屋で……」

初次郎はそこでまた言葉を切った。

そうだった。

狭い長屋だが、楽しい暮らしがそこにあった。

やっとできた男の子だった。初次郎はおのれの手でその体を洗ってやった。もうだいぶ昔の話なのに、あのときの手ざわりが妙にありありと思い出されてきて、何とも言えない気がした。

両国橋の下を、荷を積んだ船が通り過ぎていく。

初次郎はまた思い出した。

わらべのころの初助は、船がことのほかお気に入りだった。

「船が……」

声が思わず裏返った。

「船が、どうしたの？」

おしんが問う。

「あいつに、見せてやった。肩車をして、ここから……船を、見せてやったんだ」

思い出は数珠《じゅず》つなぎになってよみがえってきた。

「……そう」

おしんはひと言だけ言った。

あとは言葉にならなかった。

「おめえの、話だったな」

何かを思い切るように言うと、父は娘を見た。

おしんがうなずく。

「まだちっちゃかったおめえをおんぶして、この橋を渡ったんだ」

初次郎は橋板を踏んだ。

「八幡さまへ、お参りしたのね」

「そうだ」

初次郎はそう言うと、ふと何かに思い当たったような顔つきになった。

そして、やにわに背を向け、身をかがめた。

「……乗ってみな」

と、初次郎は言った。

「えっ、おとっつぁんの背中に？」

おしんの顔にとまどいの色が浮かんだ。

「乗んな。負ぶってやろう」

父の顔は見えなかった。

「おめえに苦労をかけた、せめてもの罪滅ぼしだ。おいらの背中に乗ったら、景色がいくらかでも良く見えるだろう。おしんはなおも迷っていた。

そう言われても、おしんはなおも迷っていた。

無理もない。もうわらべではないのだ。

「乗んな」

初次郎は重ねて言った。

「そして、見てやんな。あいつの分までよう。もう見られねえ、初助の分までよう。船を、見てやんな」

そう言われて、おしんの体が動いた。

父の背に手をかけ、えいとばかりに乗った。

「おう」

初次郎の声がもれる。

「しっかりつかまってな」

「うん」

おしんは父の首のあたりに両手を回した。

「よし、橋を渡るぞ」

初次郎はゆっくりと歩きだした。

おしんは大川の上手《かみて》を見た。

ほんの少し高くなっただけで、今戸《いまど》のあたりでたなびく焼き物の窯《かま》の煙までくっきりと見えた。

「船が、見えるか？」

初次郎は問うた。

「……うん、見える」

父の背で、おしんは答えた。

初助が好きだった船が、ゆっくりと進んでいた。日を受けて光る白帆がまぶしいほどだ。

「大きくなったな」

ややあって、初次郎が言った。

久方ぶりに背に負うたわが子の重みは、何にもたとえようがなかった。

「大きくなった」

父はしみじみと繰り返した。

「向こうを、見せて」

おしんが言った。

「海のほうか」

「うん」

「待ってな」

初次郎は向きを変えた。

荷車が過ぎ、駕籠が行き、人が通りかかった。

「具合が悪いのかい？」

隠居風の男が声をかけてくれた。

娘を背負ったまま難儀をしているように見えたからだ。

「大《てえ》したことはねえんで」

「相済みません」

父と娘は答えた。

「そうかい。お大事にね」

男はそう言って、杖を動かしながら橋を渡っていった。

やっと往来が途切れた。

初次郎は橋の向かい側まで歩いた。

「着いたぜ……初助」

父は死んだせがれの名を呼んだ。

おしんはゆっくりとうなずいた。

そして、大川の流れと、いつのまにかだいぶ先まで進んでいた船を見た。

もう船頭の顔は見えない。

それが初助のような気がしてならなかった。弟がそこにいて、両国橋を見上げてにこっと笑ったような気がした。

「存分に見な」

初次郎が言った。

「おめえが好きだった船が、海のほうへ流れていくぜ」

橋の下から、また次の船が現れた。

思いの船は流れていく。

その流れが止むことはない。

やがては海へ、そして浄土《じょうど》へと流れていく。

あたたかい父の背に乗って、おしんは瞬きをした。

「……初助」

弟の名を呼ぶ。

両国橋を、風が吹きすぎていく。

それはおしんの肩にふっとまとわりついてから、川下のほうへ流れていった。

(おーい……)

小さくなった船の上から、なつかしい顔が笑顔で手を振ったように見えた。

# 第七章　茸焼き飯

## 一

「そりゃあ、乗りかかった船だからよ」

万年平之助がそう言って、湯呑みに手を伸ばした。

まだ廻り仕事の中途だから、酒ではなく茶だ。

今日のいでたちは飴売りだった。相変わらず本家顔負けの変装で、わらべたちにずいぶん飴を所望されたらしい。そのなかには、のどか屋の千吉もまじっていた。

「で、親方はどう言ってたんです？」

時吉が厨からたずねた。

昼膳は終わり、二幕目に入った頃合いだ。茸がふんだんに入ったから、二度目の茸飯の仕込みにかかっているところだった。

本郷竹町のほうで見廻りに行ったとき、万年同心はふと思い立って版木彫りの親方をたずねた。

「こっちの身分を明かして版木彫りの親方の音松に告げてやったところ、『そうですかい、初の野郎が江戸に』と思案深げな顔つきになった」

声色《こわいろ》をまじえて、万年同心は言った。

「それで、親方の答えは？」

おちよが先をうながす。

「その前に、いい香りだな。具だけくんな」

万年同心は平たい鍋を動かしている時吉に向かって言った。

「具だけですか。焼き飯にもできますが」

平茸《ひらたけ》、舞茸《まいたけ》、占地《しめじ》。ほどよく切った三種の茸と油揚げを炒《いた》め、きつめに塩胡椒をする。油揚げに焼き色がつくまでよく炒めるのが骨法《こつぽう》だ。

これを具にして、だし、醤油、酒、味醂を加えて炊く。お焦げができる加減にしてやると、香ばしくてことのほかうまい。

春は筍、秋は茸。季《とき》の恵みの炊き込みご飯だ。

ただし、具だけを使って焼き飯に持っていくこともできる。具に下味がついているから、醤油を回しかけるだけでいい。

「そりゃいいな。くんな」

同心は笑みを浮かべた。

「はい、承知」

時吉が手を動かしだしたとき、旅籠のほうの小ぶりなのれんが開き、おけいとおしんが帰ってきた。

元締めの信兵衛が持っている旅籠の一つ、大松屋の普請替えのため、おしんもしばらくはのどか屋に詰めることになった。両国橋の西詰へ呼び込みに行ったりするつとめもあるから、手が余ることはない。

「あ、おしんちゃん、万年さまが親方のところへ行ってくださったんですって」

おちよがすかさず告げた。

「まあ、それは」

おしんが目を見開く。

「案じることあねえぞ」

飴売りに扮した男は、まずそう言って安堵させた。

「すると、親方さんは……」

「怒っちゃいねえや。『あの初がおれに鑿を向けやがったのは、よくよくのことだ。きつく当たったおれにも料簡違いがあったんでさ』って言ってよう」

隠密廻りはまた巧みに声色を遣った。

「なら、許してくださるかしら」

おけいがぽつりと言う。

「そりゃあ、初次郎次第だな」

万年同心は言った。

いささか手狭だが、初次郎はおしんと同じ長屋で暮らしている。久方ぶりの親子水入らずの暮らしだ。

元締めの計らいで、しばらくは初次郎に旅籠の下働きをしてもらうことになった。汚れた布団などを荷車に乗せて運び、きれいにするつとめは存外に力がいるから男手のほうがいい。

「だったら、帰っておとっつぁんに伝えます。謝りに行かなきゃっていくたびも言ってますから」

と、おしん。

「おう、善は急げだ。明日にでも行ってきな」

「はい」

「手土産も忘れずにね」

おちよが言った。

「分かりました」

おしんの表情がやわらいだとき、茸焼き飯ができた。

仕上げに黒胡椒をいくらか振れば、胃の腑にどんどん入る焼き飯になる。

「はい、お待ち」

時吉が一枚板の席に皿と匙を出した。

「おお、来た来た」

万年同心はさっそく匙を動かしはじめた。

そして、たちまち顔をほころばせて言った。

「うめえ」

そのひと言で、のどか屋に和気が満ちた。

# 二

「そうかい。親方は怒っちゃいねえのかい」

おしんから話を聞いた初次郎は、そう言って続けざまに目をしばたたかせた。

「きっと許してくださると思う」

娘が言う。

「なら、元締めさんに断って、明日の昼どきを外して仕事場へ行こう」

「わたしも行く」

おしんが思いがけないことを口走った。

「おめえがついてくることはねえや」

「おとっつぁんの仕事場も見たいから、わたしも行く」

おしんはきっぱりとした口調で言った。

父はむかしから折にふれてつとめの自慢をしていた。ほまれの指で彫った版木がいかに美しい浮世絵になるか、人の目を楽しませ、後の世にも残るか、いくたびも言い聞かせていた。

その仕事場を見たかった。どのようにして版木を彫っているのか、おのれの目で見てたしかめたかった。

「……そうかい」

少し思案をしてから、初次郎は答えた。

「なら、勝手についてこい」

父の許しが出た。

「うん」

おしんはうなずき、徳利の酒を注いだ。

茸の炊き込みご飯がいくらか余ったので、青菜や小芋の煮つけなどとともにのどか屋からもらってきた。それを肴に呑んでいるところだ。

「親方へのわびが終わったら、品川にも顔を出さねえとな」

初次郎はそう言って、猪口の酒を呑み干した。

「初助の棟梁ね」

おしんが部屋の奥に立てかけてあるものに目をやった。

形見の鉋だ。

だいぶ焦げた鉋だが、まだ使うことはできる。大火で命を落とした初助が、その前の日まで使っていた大事なあきない道具だった。

「そうだ。形見を届けてくださって……あいつが世話になって……ありがてえと、礼を言わなきゃ」

初次郎は箱膳の端のほうに猪口を置き、両手を合わせた。

「棟梁はとっても涙もろい人で」

そのときのことを思い出して、おしんは言った。

「そうなのかい」

「品川のくじら組っていう大工衆で、半纏の背中にかわいいくじらの絵が描いてあるんだけど、噴いているのは潮じゃなくて涙じゃないかと言われてるって、棟梁は泣き笑いで言ってた」

「そりゃあ、なおさら会ってみてえな……おいらも泣いちまうだろうがよ」

初次郎はそう言うと、ゆっくりと立ち上がり、せがれの形見のほうへ歩み寄った。

寝るときはいつも枕もとに置いている。

こんなことしか、してやれねえからと言って、初助の形見の鉋を手の届くところに置いていた。

その鉋を手に取ると、初次郎は戻って箱膳の横に置いた。

「飲め」

と、父は言った。

娘がしんみりとうなずく。

「おめえにこの指を見せてよ、『おとっつぁんみてえな、ほまれの指になんな』って言い聞かせてたな、初助」

せがれがそこにいるかのように語りかける。

「藪入《やぶい》りのときによう、おめえは指を見せて、『ほら、おとっつぁん、ここに胼胝ができたよ』って指を見せてくれたな」

「わたしにも、言ってた。あの子、うれしそうに……」

おしんがうるんだ目で言う。

「その指で、こいつを……」

初次郎は鉋を手に取った。

それは、たしかな重みがあった。

父も娘も、それきり黙りこんだ。

いくたびも同じことを言っても、せんないことだ。

初助は帰ってこない。

「とにかく、明日だ」

気を換えるように、初次郎は言った。

「うん……気張っていこう」

おしんは無理に笑顔をつくった。

「ああ、気張らねえとな」

形見の鉋を見ながら、初次郎は言った。

三

本郷竹町の路地をいくらか入ったところに、版木彫りの仕事場があった。

手土産はのどか屋の紹介で、浅草の風月堂音次《ふうげつどうおとじ》の菓子を選んだ。昼どきを外し、初次郎とおしんは音松を親方とする仕事場を訪れた。

「ごめんくださいまし」

一つ長い息をつくと、初次郎は奥へ声をかけた。

彫り師たちが仕事をしている気配は、表まで伝わってきた。

硬い山桜の木をさまざまな小刀を用いて彫りこんでいく。この小刀は刀《とう》とも呼ぶ。

刃先は紙よりも薄く研ぎ澄まされている。力の入れ方を誤ると、せっかくの刃がいともたやすく折れてしまう。いかに刃を折らずに仕事を進められるか、そのあたりはやはり年季が物を言う。

音が響いているのは、小刀ではなく鑿のほうだった。小刀で線の両端に切り込みを入れる。その線、すなわち凸になるところが浮世絵に表される。

それよりほかの要らないところは削り落とさなければならない。そのために鑿が使われるのだった。

小刀と同じく、鑿にもさまざまな種類がある。そういった道具をわが手でつくるのも職人の腕のうちだった。

「もし、ごめんくださいまし」

すぐ返事がなかったので、心の臓をなだめて、初次郎はもう一度声をかけた。

「あ、はい、ただいま」

響いてきたのは、女の声だった。

ほどなく、親方の女房のおすげが姿を現した。

「まあ、初次郎さん……」

おすげの顔に驚きの色が浮かんだ。

「無沙汰をしておりました。遅ればせに、おわびにまいりました」

初次郎は深々と頭を下げた。

「娘の、しんと申します。これは、しるしに」

おしんは硬い顔つきで土産の包みを差し出した。

「さようですか、それはそれは……ちょいと、おまえさん」

おすげは包みを受け取り、奥に声をかけた。

「……なんでえ」

奥から声が響いた。

「ちょいとごめんなさい」

そう断ると、おすげはあたふたと奥へ向かった。

何やらひそひそ話している気配が伝わってきた。

そして……。

ややあって、親方の音松が姿を現した。

その顔を見たとたんに、初次郎は土間にひざをついた。

おしんも続く。

そうするつもりはなかったのに、父につられて体が動いた。

「すまねえ、親方……」

両手をつき、額をつかんばかりに頭を下げる。

「相済みません」

おしんも同じように両手をついた。

さほどではない間が、いやに長く感じられた。

「帰《けえ》って来たんだな、江戸へ」

音松は言った。

「へい……恥ずかしながら、帰ってめえりました」

頭を上げずに、初次郎は言った。

「娘かい」

音松がおしんに問う。

「はい」

おしんはわずかに顔を上げた。

親方の表情が気になったからだ。

「おめえさんまで、そんなことをしなくていいぞ」

そう告げる音松の顔に、怒りの色は浮かんでいなかった。

「その節は、とんでもねえことをしでかしちまいまして……」

初次郎は額を土間にすりつけた。

鑿の音が聞こえなくなった。みんな手を止め、聞き耳を立てているらしい。

「ま、顔を上げな」

親方は言った。

「へい」

初次郎はいくらか迷ってから顔を上げた。

それを見て、おしんも土間から手を放す。

「ちょいと老《ふ》けたか」

音松は声をかけた。

初次郎は答えなかった。苦労をしたので、とは口が裂けても言えない。

「まあ、上がんな。人が来たら、何だと思われる」

身ぶりをまじえて、音松は言った。

「おとっつぁん」

おしんがうながす。

「ああ……なら、ちょいとあいさつを」

初次郎は立ち上がった。

気を張りすぎていたせいか、足元が少しもつれた。

おしんがあわてて支える。

「平気だ」

初次郎はそう答え、履物を脱いだ。

そして、勝手知ったる版木彫りの仕事場へ、久方ぶりに足を踏み入れた。

四

「おお、初、久しいな」

兄弟子の鶴七《つるしち》が笑みを浮かべた。

「無沙汰をしておりました」

初次郎は腰をかがめた。

「娘さんかい？」

「はい。しんと申します。おとっつぁんの仕事場を見たかったもので、勝手についてきました」

「もう仕事場じゃねえけどな」

半ば独りごちるように、初次郎は言った。

「ま、座りな。……おめえら、手を止めるんじゃねえや。ちょっとずつやらねえと間に合わねえぞ」

音松は職人たちに言った。

「へい」

「やりまさ」

また鑿を操る音が響きだす。

近くになると、小刀の音も聞こえた。細かい線の両端を、しくじらないように慎重に削っていく。その職人の手元を、おしんはじっと見据えていた。

「どうぞ」

おかみのおすげが茶を運んできた。

「ありがたく存じます」

正座のまま、初次郎が礼を言う。

おしんも続く。

「おめえにここをやられてから……」

音松は胸を軽くたたいた。

「おれもちょいと料簡を改めてな。ここんとこは、別人みてえにまるくなったってよく言われるぜ」

親方は渋くにやりと笑った。

「面目次第《ねんぼくしだい》もねえことで。わびの言葉もございません」

初次郎はまた頭を下げた。

「ほんに、親方は手を上げなくなったんでさ、初さん」

鑿を動かしながらそう言ったのは、弟弟子の利三《としぞう》だった。

ひと回りほど下だが、初次郎とは気が合って、新入りのころから親身になって教えてやっていた。

「そうかい、利《とし》」

初次郎は喉の奥から絞り出すように言った。

気のいい弟弟子の笑顔を見たとたんに、また胸がつぶれそうになった。

おのれが座っていたところには、見知らぬ顔がいた。まだわらべの面影がある新弟子とおぼしい若者だ。

「昔はおれだって、親方につらをはたかれながら仕事をおぼえたもんだ。それが習いになってたもんだから、ちょいと気に入らねえことがあるたびに手を上げてた。それじゃあ、いまのご時世じゃ通らねえ。おめえにやられて、やっとそこんとこが分かってよう。かえって礼を言わなきゃならねえや」

音松はそう言って、渋い笑みを浮かべた。

「滅相《めっそう》もねえことで」

初次郎は首を横に振った。

「親方に鑿を向けちまって、おいら、お仕置きになっても仕方ねえと……」

「ちいと大げさだな。蚊に刺されたようなもんだ」

江戸っ子らしく、音松は強がりを言った。

「なら、またここで働くかい、初」

兄弟子の鶴七が手を止めて声をかけた。

「初さんは教え上手だから、おいらの腕がどんどん上がりまさ」

弟弟子の利三も和す。

「いや……親方のお許しがなければ」

初次郎はそう言って唇をなめ、ふと思い出したように湯呑みに手を伸ばした。

おのれの心の臓が鳴る音が聞こえた。

戻りたいのはやまやまだった。

何のために修業をしてきたのか。ほまれの指を鍛えてきたのか。おのれの手で彫った版木で刷られた美しい浮世絵を目にしたときは、それこそ天にも昇るような心持ちだった。職人冥利に尽きる、と思った。

あの心持ちを、いまひとたび味わいたかった。

だが……。

音松はやおら腕組みをした。

両目を閉じる。

初次郎もおしんも、かたずを呑んで親方の言葉を待った。

「おれはおめえを許しても……」

音松はそこで息を入れ、意を決したように続けた。

「この鑿はおめえを許さねえかもしれねえ」

おのれのあきない道具を手に取り、初次郎に向かってかざして告げた。

「鑿が、許さねえと」

何とも言えない顔つきで、初次郎は言った。

「そうだ。あきない道具を汚したやつを仕事場に入れたら、わずかな線の彫りが狂っちまう。そう思わねえか？」

音松は初次郎に問うた。

「……へい」

初次郎はうなだれた。

小刀と鑿の音が止んだ。

「親方、そこんところには目をつぶって、初にも一度やらせてやるわけにゃいきませんかい」

情のある兄弟子の鶴七が親方に頼む。

「おれも、やらせてはやりてえ」

音松はそう言って太息をついた。

「でも、駄目なんですかい？」

べつの古参の職人が問う。

「いいか、おめえら」

版木彫りの親方は座り直して続けた。

「版木ってのは、おれらの力だけでできあがると思ったら大間違いだぞ。道具をていねいに磨き、心を平らかにして、一心に手と指を動かしてるうちに、神さまが助けてくださるんだ。その神力《しんりき》の助けがあるからこそ、どんなに難しい彫りの仕事だって仕上げられる。そういうもんだ」

だれも言葉を返さなかった。

音松はさらに続けた。

「人だから、だれだって誤ることはあらあ。おれはもう、初のこたぁ何とも思っちゃいねえ。だがよ、職人の誇りの鑿を汚したやつのことを、神さまは忘れちゃいめえ」

そこまで聞いた初次郎は、やにわに袖を顔に当てておいおい泣きだした。

悔いの涙だ。

「おれは、おめえらを食わしていかなきゃならねえ」

職人衆を見回して、音松は言った。

「だからよ、古臭えと言われるかもしれねえが、障《さわ》りがあるかもしれねえやつを彫りの仕事に戻すこたぁできねえんだ」

親方の言葉に、仕事場は静まり返った。

初次郎の嗚咽《おえつ》だけが響く。

ややあって、その重い沈黙を破り、思いも寄らぬことを口走った者がいた。

それは、おしんだった。

## 五

「女の職人にも障りがありましょうか」

おしんはそうたずねた。

「女の職人？」

音松は驚いた顔つきになった。

「前にいたぜ。ものにはならなかったけどよ」

古参の職人が言う。

「おしんちゃん、やる気なのかい」

鶴七が温顔で問うた。

おしんはこくりとうなずいた。

「おめえ……」

初次郎が涙をぬぐって娘を見た。

「お願いでございます」

音松に向かって、おしんはやにわに頭を下げた。

「おとっつぁんが駄目なら、わたしを弟子にしてくださいまし。ひとかどの版木彫り職人になれるまで、辛抱して励みます。どんな下働きでもいたします。どうか、おとっつぁんの跡継ぎにならせてくださいまし。お願いでございます」

おしんは必死に訴えかけた。

「せっかくのきれいな指がぼろぼろになっちまうぜ」

音松は言った。

「かまいません。おとっつぁんと弟の跡を継いで、ほまれの指の持ち主になりとうございます」

おしんは顔を上げ、親方の目をしっかりと見て言った。

「弟がいたのかい」

親方は問うた。

初次郎は仕事場では口の重いほうだった。子が二人いることまで、音松には事細かに告げていなかった。

「はい。大工の修業をしていましたが、先の大火で死んでしまいました。まだ、十七でした」

「そうかい……そりゃあ愁傷《しゅうしょう》なことだ」

音松は軽く両手を合わせた。

「おいら、いくたびも指を見せて、おとっつぁんみたいな、ほまれの指になりなって言って……」

もう版木彫りの鑿を握れない指をかざして、初次郎は言った。その指は小刻みにふるえていた。

「あの子は……弟の初助は、『ほら、胼胝ができたよ、姉ちゃん』って言って、わたしに見せてくれました。もう道具を持てない弟の分まで、わたしが修業をしたいと」

おしんは気のこもった声を発した。

「大工になるわけにゃいかないからな」

「はい、力仕事ですから」

「版木彫りだって力はいるぞ」

親方は試すように言った。

「覚悟はしています」

「修業に十年はかかる。嫁にもいけねえぞ」

「かまいません」

おしんはすぐさま答えた。

「おめえはいいのか、初」

音松は初次郎に問うた。

「……こいつの、思うとおりに、させてやりてえと」

いくらか思案してからそう答えると、初次郎はぐっと唇をかんだ。

「いまは一緒に住んでるのか？」

「へい、娘の長屋に転がりこんでまさ」

「なら、教えてやれ」

音松の表情がふっとやわらいだ。

「おめえの知ってる技は、洗いざらい教えてやれ」

「親方……」

おしんが目をしばたたかせた。

「修業は厳しいぜ」

「はい」

「それに、たまには帰《けえ》してやるが、住み込みの修業だ。辛抱が何年続くか分からねえぞ」

「ありがたく存じます」

おしんは深々とお辞儀をした。

「おいらも教えてやるから」

いくらか年上の利三が笑顔を見せた。

「みんな、いいやつだからよ。案じることたぁねえや」

鶴七も和す。

「一つずつ梯子段を上ってけばいいんだ」

「仕事場が華やぐぜ」

「おとっつぁんの血を引いてるんだから、そのうち追い越されちまうぞ」

版木彫りの職人衆が口々に言った。

「よろしくお願いいたします」

おしんは上気した顔を上げた。

「おい、初」

音松が最後に声をかけた。

「へい」

初次郎が親方の顔を見る。

「いい娘を持ったな」

情のあるその言葉に、初次郎はやっとかすかな笑みを浮かべた。

# 第八章　蛤《はまぐり》づくし

## 一

「思い切ったねえ、それは」

のどか屋の一枚板の席で、隠居の季川が感に堪えたように言った。

「おいらも、聞いたときにはびっくりしました」

座敷から初次郎が答えた。

その横にはおしんが座っている。

本郷竹町の親方のもとを辞したあと、すぐのどか屋に向かい、時吉とおちよに事の次第を告げた。善は急げ、で明日からもう修業に入れと言われたから、ずいぶんと急な話だが、のどか屋の二人は快く送り出すことにした。

「あとのことは案じなくてもいいから、気張ってやっておいで」

信兵衛が言った。

按配よくのどか屋に元締めもいたから、話はすぐついた。おしんは明日から父の跡を継ぐ版木職人だ。

「ありがたく存じます」

おしんがおじぎをする。

「あんまり始めから気張りすぎないでね」

おそめが笑顔で言う。

「修業の先は長いから、ちょっとずつ覚えていけばいいわ」

おけいも和す。

ともに働いてきた仲だが、明日からはべつの道を歩くことになる。

「ほんとに、急なことで」

おしんは申し訳なさそうな顔つきになった。

「ちょいと寂しくなるね、初次郎さん」

隠居が声をかけた。

「いや、そりゃあ仕方ないんですが、おいらだけ長屋に入れてもらうわけにもいかねえんで」

初次郎は元締めの顔を見た。

長屋は旅籠の働き手の女たちのために按配したものだから、たしかに初次郎だけで住むのはいささか気が引ける。

「落ち着くまでは、どうかそのままで」

信兵衛は身ぶりをまじえて言った。

「初次郎さんも、どこぞでまた版木彫りに戻るっていう手立てはないのかねえ」

隠居が案を出した。

「いや、そりゃできません」

初次郎はすぐさま首を横に振った。

「なかには渡り職人みたいに親方を替えるやつもおりますが、おいらはてめえの身から出た錆でしくじっちまったんで……」

元版木職人は語尾を濁した。

「でも、せっかくの腕なのに、惜しいですね」

肴をつくりながら、時吉が言った。

「これから帰って、こいつに版木彫りの勘どころを教えてやりまさ」

父は娘を指さした。

「お願いします」

おしんが殊勝に頭を下げたから、のどか屋の気がいくらかやわらいだ。

## 二

「もう、このへんにしといてくれ」

裏手のほうから声が聞こえた。

長吉の声だ。

今日は長吉屋が休みだから、手習いから帰ってきた千吉の相手をしていたのだが、だいぶあごが上がってきたらしい。

「じいじより、千ちゃんのほうがはやいよ」

得意げなわらべの声が響く。

先に入ってきたのは猫たちだった。だいぶ大きくなってきた子猫のしょうは、のどかたちが代わる代わるに遊んでやっていた。もっとも、遊んでいるうちにいつのまにかくんづほぐれつの喧嘩になったりするのが猫らしい。

「みゃあ」

と、ちのがなく。

「うみゃあ」

ゆきも妙な声でうなった。

猫はむやみにむずかしいことを告げたりしない。

「はいはい、ごはんね」

おちよが笑みを浮かべた。

「あっ、最後なのでわたしが」

おしんが手をあげて立ち上がった。

「そう。じゃあお願い」

おちよはあっさりと譲った。

魚のあらに鰹節。小料理屋だから、猫のえさには事欠かない。おかげでのどか屋の猫はみな元気だ。

猫たちがはぐはぐとごはんを食べているとき、長吉と千吉が戻ってきた。

「梯子段の上り比べをしたんだが、もうかなわねえや」

長吉が腰に手をやった。

「勝ったのかい、千吉」

おちよが問う。

「うん」

わらべは胸を張った。

足が治ってきたおかげで、梯子段も見違えるほど速く上れるようになった。

「それはご苦労さん」

隠居が笑ったとき、肴ができた。

蛤《はまぐり》の千鳥焼きだ。

蛤の身をいくつか団子のように串に刺し、味噌だれをつけて香ばしく焼く。おのずと酒がすすむうまい肴だ。

「おお、来た来た」

信兵衛がまず受け取る。

「『蛤も茄子《なす》も鰹も焼けば鳥』と川柳《せんりゅう》にあるくらいでね。茄子は鴫《しぎ》焼き、鰹は雉子《きじ》焼きの名がついてる」

隠居がひとくさり講釈する。

「なるほど。うめえことを言うもんだ」

長吉がそう言って一枚板の席に座った。

「よしよし」

千吉は猫の背をなでてやっている。

水の皿も置いたおしんは、手をぬぐって座敷に戻った。

「潮汁《うしおじる》もお持ちしますので」

おちよが座敷にも千鳥焼きの皿を運んでいく。

「はい、お待ち」

まず一枚板の席に潮汁が出た。

酒で味つけした蛤の潮汁は、婚礼や節句や月見の宴などに欠かせない縁起物だ。なにぶん急な話で、構えた祝いの料理を出すことはできないが、せめておしんの門出《かどで》になるようにと時吉が案じた椀だった。

蛤の貝殻は、ほかの貝殻とは合わないようにできている。夫婦《めおと》別れがないようにという願いをこめて、婚礼の宴には欠かさず出されている。今日は婚礼ではないが、おしんの職人の道が長く続くようにという願いがこめられていた。

「今日は蛤づくしかい？」

隠居が問う。

「ええ。身は春先に比べるといま一つですが、料理の工夫によってはいい肴になりますので」

時吉が答える。

「旬だったら、焼き蛤と蛤《はま》吸いに両の大関を張らせときゃいいけどな」

長吉が相撲にたとえて言った。

「おめえも呑むか？」

初次郎が徳利をつまんだ。

「ええ、なら、ちょっとだけ」

おしんは少し迷ってから答えた。

「お祝いですものね。お猪口を持っていくわ。おけいさんとおそめちゃんも、つとめはあらかた終わったから、一緒にどう？」

おちよは水を向けた。

「そうですね。だったら、長屋までは一緒だけど」

長屋の衆に預けてあるおけいの息子もだいぶ大きくなってきた。少しくらいなら遅くなっても平気だ。

「じゃあ、少しだけ」

おそめはさっそく座敷に上がった。

昨日も恋仲の多助がやってきて、何やら裏手で相談事をしていた。近々、何か動きがあるらしい。

「だったら、とびきりの下《くだ》り酒を出そう」

時吉が笑みを浮かべた。

ほどなく、次の肴ができた。

紅葉《もみじ》蛤だ。

蛤は酒と醬油でさっと煮ただけでもいい酒の肴になるが、鰹節で和《あ》えるとことのほかうまい。鰹節は乾煎《からい》りして、いったん煮汁を切った蛤と盛り付ける寸前にまぶしてやるのが骨法だ。

「これ、おまえはだめ」

鰹節に浮き足立った子猫のしょうをひょいとつかまえ、千吉が表へ出ていった。もう少し外で遊ぶらしい。

曲がっていた足がだんだんにまっすぐになり、前よりなめらかに動けるようになったのがよほどうれしいらしく、そのうち落ちやしないかとおちよが案じるほど梯子段の上り下りを繰り返したりしている。

「あっ、おいしい」

おしんが紅葉蛤を食すなり言った。

「ほんと、鰹節がいい感じで」

「潮汁もいいお味」

おけいとおそめも続く。

それからしばらくは、初次郎はそっちのけで女だけのよもやま話が続いた。

「いつも長屋へ帰るときは、あんな按配でしてね」

元締めの信兵衛がやや声を落として言った。

「版木彫りの職人となると、娘さんはほかにいないだろうから」

「まあ、話を聞くかぎり、よくできた親方みてえだから、案じることはないでしょうよ」

長吉が言った。

鑿が許さない、という例の話を聞いて、古参の料理人はいたく感じ入ったようだ。

鑿と包丁、握る道具は違っても、同じほまれの指を持つ職人だ。何か心に訴えるものがあったらしい。

「紅白の蒲鉾《かまぼこ》もどうぞ」

おちよが座敷に運んでいった。

「板につくようにっていう縁起物ですな」

初次郎が言う。

「そのとおりで」

おちよが笑みを浮かべたとき、表で千吉の声が響いた。

「あっ、おねえちゃん、お帰り」

その声で察しがついた。

今日は絵師のおなおとその父の仁助がのどか屋に泊まることになっている。湯屋へ行くと言っていたが、つれだって戻ってきたらしい。

「だったら、親子の似面を描いてもらったらどう？」

おちよがふと思いついて水を向けた。

「ああ、それはいいな」

時吉がそう言って、壁に貼ってある「ひとかどの料理人になった千吉」の似面を軽く指さした。

ほどなく、のれんが開いた。

湯上がりのさっぱりした顔で、おなおと仁助が戻ってきた。

ならない。

三

見知り越しの仲だが、今日のおなおは泊まり客だ。まずは客に座敷を譲らなければならない。

「なら、わたしたちはひと足お先に」

おけいがさっと立ち上がった。

「また明日、修業に出るときに」

おそめも続く。

「じゃあ、また」

おしんが笑みを浮かべた。

「わたしも一緒に戻るよ。巴屋へ寄って帰ろう」

旅籠の元締めの信兵衛も、一枚板の席から立ち上がった。

座敷の人が入れ替わり、初次郎とおしん、仁助とおなお、二組の父と娘になった。

「明日から、おしんちゃんがお父さんの跡を継いで、版木彫りの親方のところへ修業に入ることになったんです」

仁助に酒、おなおに茶を運びがてら、おちよは告げた。

「まあ、版木彫りに」

おなおが目を丸くする。

「そちらも親子二代ですか」

仁助が初次郎に言った。

「こいつが、やると言い出したもんですから」

初次郎はいくらか照れくさそうに答えた。

「絵筆は力を入れたらいけないけど、小刀や鑿はそういうわけにいかないから大変ね」

おなおがおしんを気遣う。

「その力の入れ方も、いろいろ加減があるんで」

少し身ぶりをまじえて、初次郎が言った。

「娘のほうが腕が上がったら、父の立つ瀬がないですが、それはそれでうれしいものですよ」

品川の似面描きはそう言うと、娘から注がれた猪口の酒を呑み干した。

父と娘がのどか屋に泊まっているのにはわけがあった。

おなおの師匠の画家、座生右記は先だって亡くなったが、描きかけの絵が二枚ほどあった。

人と容易に交わらない性分でむやみに世を狭めていた絵描きだが、なかにはその絵をあきないたいという奇特な者もいた。そのあきない人《びと》はおなおの腕を認め、亡き師の絵を完成させてほしいと頼んだ。

わりかた大きな絵なので、品川まで運ぶのは骨だ。そこで、おなおが画室に足を運び、絵を補う作業を進めることになった。明日も朝から根岸へ行くことになっている。娘一人では心配だからと、仁助が付き添いに来たという次第だった。

「いつか、おとっつぁんよりうまいって言われるようになりたいですね」

おしんが言った。

それを聞いて、もう小刀も鑿も持てなくなってしまった男は、感慨深げにうなずいた。

「いろんなことをおしえてくれるよ、先生は」

一枚板の席から、わらべの声が響いた。

空いたところには千吉がちょこんと座り、長吉から問われるままに手習いの話を始めたところだ。

「どんなことを教えてくれるんだい？」

長吉が目を細めて問う。

「んーとね。人はいくつになっても、まなぶことがあるって。何かをはじめるのに、おそすぎることはないんだって、おそわったよ」

千吉が一生懸命に答えた。

「そうかい。そりゃあ、いい教えだ」

長吉の目尻にしわが寄る。

座敷で初次郎がうなずいた。

何かにふと思い当たったような顔つきだ。

「ほんと、いい先生を紹介していただいて、ありがたいことだと」

おちよが軽く両手を合わせた。

千吉が通っている橋本町《はしもとちょう》の寺子屋では、春田東明《まるたとうめい》という儒学者がわらべたちを教えている。そればかりでなく、有志の大人にもむずかしい学問を伝授しているという話だった。もとは長吉屋の客筋からの紹介だ。

「かと言って、いまから料理人のほかのものにはなれねえけどよ」

「わたしだって、いまから隠居のほかのものにはなれないね」

季川がそう言ったから、またのどか屋に和気が満ちた。

「ちょっと落ち着いたところで、おなおちゃんにお願いが」

頃合いと見て、おちよが切り出した。

「何でしょう」

「おしんちゃんが明日から修業に行ってしまうので、しばらくは離ればなれになってしまいます。そこで、お二人の似面を描いてもらいたいと。お代は泊まり賃から引かせていただきますので」

おちよは如才なく言った。

「それなら喜んで。お安い御用です」

おなおは二つ返事で引き受けた。

「じゃあ、もう少し身を寄せてくださいまし」

画家の顔になって、おなおは言った。

「わたしは助手ですので」

仁助が笑みを浮かべて、道具箱から絵筆などを取り出す。

「お父さん、肩の力を抜いてくださいましな」

おなおが身ぶりをまじえた。

似面を描かれるのは初めてだから、初次郎の顔つきは硬かった。

紙に粗描《あらが》きができあがったのを見計らってから、時吉が満を持《じ》して次の料理を出した。

蛤づくしの真打ちの茶碗蒸しだ。

まずは一枚板の席に供する。

「熱いから、じいじがふうふうしてやろう」

「うん」

「ふう、ふう……」

長吉が茶碗蒸しに息を吹きかける。

「これはまた、彩りが美しいね。香りもいい」

隠居の顔がほころんだ。

花形にくりぬいた人参に三つ葉。さわやかな蒸し物だが、むろんのこと、食してもうまい。

まずは蛤を酒蒸しにする。蒸し汁も捨てることなく、よく漉《こ》して使うのが勘どころだ。だし汁と溶き玉子と合わせ、塩と醤油を加える。

茶碗蒸しの醤油は薄口にかぎる。色合いも味も濃口にまさる。のどか屋では、先代からの付き合いの醤油酢問屋、竜閑町《りゅうかんちょう》の安房屋《あわや》から播州竜野《ばんしゅうたつの》の薄口醤油を仕入れていた。

「……おいしい」

匙にすくって口中に投じるなり、千吉が言った。

「椀の中に恵みの海があるみたいだね」

隠居もうなる。

「こちらも、召し上がりながらどうぞ」

おちよが座敷にも運んでいった。

「なら、茶碗蒸しを食べているところも描きましょうか」

おなおが言った。

すかさず仁助がべつの紙を取り出す。

「だったら、早く食いてえんで」

初次郎が茶碗に手を伸ばした。

「わたしも」

おしんも続く。

潮の香りのする茶碗蒸しを、父と娘は「うめえ」「おいしい」と声を発しながら食していった。

そのさまをちらりと見て、おなおがさらさらと筆を動かす。

「腕が上がったな。もうかなわねえや」

のぞきこんでいた仁助が、満足げに言った。

「あっ、そうだ」

茶碗蒸しを食べ終えたおしんがだしぬけに声をあげた。

「どうしたの？」

おちよが問う。

「親方のところへ住みこむので、厨仕事もあると思うんです。いつもお出ししてたからおおむね分かるんですけど、あの豆腐飯のつくり方を教えていただければと」

「ああ、いいよ」

時吉はすぐさま言った。

「そりゃあ、職人のお仲間も喜ぶと思うわ」

と、おちよ。

「だしと醬油と味醂と酒の割りだけ覚えれば、あとはいい豆腐を仕入れてことこと煮て、あつあつの飯にのっけるだけだから」

時吉も紙を取り出した。

割りに加えて、薬味も書き出して渡しておくことにした。

時吉は豆腐飯のつくり方を、おなおは似面を、ともに指を小気味よく動かして仕上げていった。

「はい。これで皆さんに召し上がっていただいて」

時吉が紙を渡した。

「ありがたく存じます」

おしんが両手で受け取る。

「こっちもできた」

おなおが言った。

「ほう、うめえもんだな」

長吉が感嘆の面持ちで覗きこむ。

「おなおねえちゃん、じょうず」

千吉も和す。

「紙の中から人が飛び出してくるみたいだねえ」

隠居も感に堪えたように言った。

おなおは秋田蘭画の名手、小田野直武の孫弟子にあたる。細かな線を巧みに用いた遠近法と明暗法に通じているから、ほかの似面にはない味わいがあった。

「これで、一緒に暮らしてるような気分になれまさ。ありがてえ」

似面を見ながら、初次郎は頭を下げた。

「おなおさん、ちょっと手を見せて」

おしんがだしぬけに言った。

「手？」

おなおがけげんそうな顔つきになった。

「うん。おなおさんの指が見たいの」

「指って、べつに一緒だよ」

おなおはそう言って、手を差し出した。

おしんはその指に触れると、首を横に振った。

「ううん、一緒じゃない。胼胝ができてる」

「筆をはさむから」

おなおが笑みを浮かべる。

「わたしも、こんなほまれの指になりたい」

おしんは言った。

「なれるさ」

横合いからそう言ったのは、父の初次郎だった。

「明日からまじめに励めば、きっとなれるさ」

それを聞いて、時吉もおちよもそれぞれにうなずいた。

## 四

いい月が出ていた。

浅草の長屋のほうへ、提灯《ちょうちん》をかざしながら初次郎とおしんは歩いた。こうやって親子で歩けるのも、ひとまず今夜が最後だ。

のどか屋の座敷でいささか呑みすぎた。初次郎の足元は少しおぼつかなかった。

それでも、頭の芯ははっきりしていた。歩くにつれて、頭の芯に宿った考えは、だんだんに根が太くなっていった。

「いいお星さまね」

おしんが夜空を指さした。

「そうだな」

　初次郎も見上げる。

「あの星のどれかが、初助よ」

　おしんは言った。

「ああ……星になっちまったか」

　初次郎は何とも言えない声音で答えた。

「でも……」

　おしんはひと呼吸置いてから続けた。

「笑ってるような気がする」

「そうか……」

　しばらくは、うるんだ星を見上げながらゆっくりと歩いた。

「あいつの形見は、持っていくか？」

　初次郎が問うた。

「ううん。鉋は使わないから」

　おしんが答える。

「なら、おいらにくれ」

初次郎はそう言うと、のどか屋で思いついたことを娘に告げた。

それを聞いて、おしんの目がまるくなった。

まったくもって思いがけないことだったからだ。

「本気なの？　おとっつぁん」

娘は訊いた。

「ああ」

父はきっぱりと答えた。

そして、足を止め、まばたきをしてから夜空を見た。

「初助……」

ここにはいない息子に向かって言う。

「星がみんなぼやけちまって、どれがおめえか分からねえがよう」

そう前置きしてから、初次郎は言った。

「助けてくれよな、おとっつぁんを」

それを聞いて、おしんはこくりとうなずいた。

# 第九章　塩釜松茸

## 一

翌日の二幕目――。

浅草の小間物問屋、美濃屋の手代の多助がのどか屋ののれんをくぐった。

ただし、いつものように御用を聞きにきたのではなかった。恋仲のおそめの顔を見にきたのでもない。

多助は、あるじの卯次郎《うじろう》とともにのどか屋へやってきた。

「今日は旦那さまをおつれしました」

だいぶ硬い顔つきで、多助は言った。

「まあ、それはそれは、ようこそのお越しで」

おちよがあわてておじぎをする。

「手前どもの品を使っていただき、ありがたく存じます」

美濃屋のあるじが腰を折って答えた。

無地の紬《つむぎ》の風合いが上品だ。すきのないあきんどの着こなしだった。

「多助さんにいい品を入れていただいています」

時吉が厨から言った。

まだ二幕目が上がったばかりで、一枚板の席も座敷も空いていた。おなおと仁助を含め、泊まり客はもう出立している。いまは凪のようなときだ。

「では、どうぞお座敷に」

おちよが身ぶりで示した。

多助は落ち着かないそぶりで奥ののれんのほうを見た。

「旅籠の支度をしてるので、いま呼んでくるから」

おちよはそれと察して、小声で言った。

どうやら、おそめをまじえて話があるらしい。

「なら、上がらせていただこうじゃないか」

あるじが手代に言った。

「はい」

多助はまだ硬い顔つきのままだった。

「御酒《ごしゅ》はいかがいたしましょう」

時吉が問う。

「まだお得意先を廻りますので、お茶で」

あるじは如才なく答えた。

「承知しました。ご飯はいかがでしょう」

「昼はもういただいてきたので、何か茶うけでも」

あるじの卯次郎は笑みを浮かべて答えた。

ほどなく、話し声が近づき、旅籠に通じるほうののれんが開いた。

おちよとともに、おそめが姿を現した。

二

「多助から願いごとを切り出されてね」

美濃屋のあるじが、おそめに向かって言った。

「はい……」

座敷に上がり、多助とともに一対の雛人形のように座ったおそめは、真っ赤な顔で答えた。

おしんが今日から版木彫りの修業に入ったから、あとはおちよとおけいだけだ。ともに、邪魔にならないようにいくらか離れたところでゆっくりと猫じゃらしを振りながら様子をうかがっている。

千吉は手習いだ。そのあと朋輩《ほうばい》と遊ぶから、当分は帰ってこない。

「多助から聞いているとは思うが、うちは年季が明けるまで、住み込みで働いてもらうことになっている。年季が明けて通いになれば、嫁をもらってどこぞの長屋で住むのは当人の勝手だがね」

卯次郎はそう言って、湯呑みに手を伸ばした。

時吉がおちよに目くばせをした。

肴ができたのだ。

「勝手を申しまして……」

おそめは絞り出すような声で言った。

「いままでも、そういう願いをした者はいた。べつにわたしは鬼じゃないんだから、好き合った若い二人の仲を引き裂こうとしているわけじゃない。そこのところは、料簡違いをしないでおくれ」

一代でいまの身代を築いてきたあるじが言った。

多助とおそめがこくりとうなずく。

そこで、おちよが肴を運んでいった。

「今日は松茸がたくさん入りましたので」

場をやわらげるべく、笑顔で告げた。

昼膳は松茸の炊き込みご飯が飛ぶように出た。のどか屋の炊き込みご飯は何でもうまいが、ことに松茸は香りがいい。

肴にも使うために、松茸は残しておいた。

いまおちよが運んでいったのは、焼き松茸とゆで茄子の辛子醬油和えだった。食べ味と風味の違う二種を組み合わせた乙《おつ》な肴だ。

「こちらの評判はうかがっておりますので」

卯次郎の表情もいくぶんやわらいだ。

「で、話の続きだが……」

美濃屋のあるじは、一つ座り直して続けた。

「わたしだって、一刻も早く添いたいという多助の気持ちは分かるつもりだ。通いになれば、その分、年季奉公を伸ばしてもらってもいいという申し出も、美濃屋にとってはありがたいことだよ。だがねえ……」

卯次郎は困った顔で肴に箸を伸ばした。

その表情が、ほどなくふっとやわらいだ。

「こりゃあ、お酒がほしいくらいだね」

「お持ちいたしましょうか」

すかさずおちよが水を向けた。

「いやいや、赤い顔でお得意先へ行くわけにはいかないから」

美濃屋のあるじは手を振った。

いったん下がったおちよは、おけいと声をひそめて話をした。

「元締めさんがほかの旅籠にいるかもしれないから、悪いけどちょっと見てきて。おそめちゃんの身の上のことだから」

「分かりました。助け舟を出してくれるかもしれないし」

おけいは心得て、急いでのどか屋を出ていった。

時吉は次の肴づくりに余念がなかった。

せめてほっこりした料理を出して、美濃屋のあるじの心をやわらげようと思いつつ、しきりに手を動かしていた。

「で、話の続きだが、いままで断ってきた者たちの手前、多助にだけ『いいよ』とは言いづらいんだよ。なにぶん、前の例《ためし》がないからね」

「はい……」

多助はうつむいた。

「それに、年季奉公が明けずに通いになったら、長屋の店賃《たなちん》はどうするんだい？　そのあたりのあてはついているのかい？」

卯次郎はどちらにともなくたずねた。

「わたしが旅籠のつとめを掛け持ちで稼ぎますので」

おそめがここぞとばかりに言った。

「二人分を稼ぐのかい」

「はい。いくら貧乏でも、雨露さえしのげれば」

おそめは肚《はら》をくくった様子で、しっかりと卯次郎の目を見て答えた。

「うちは小料理屋なので、食べ物などの助けはできますので」

時吉がいまだとばかりに割って入った。

「それに、多助さんとおそめちゃんは、大火のあとの法要で知り合ったんです」

おちよもすかさず言った。

「どちらも大火で親御さんを亡くしてしまって、寂しい身の上になっていたところを、神さまか仏さまのお導きで知り合って、たちまち好き合うようになったんですよ」

「亡くなった親御さんのお導きかもしれないね」

時吉がうまく言葉を添えた。

「なるほど。それは先だって多助からも聞いたんだが……なにぶん、前の例がないものでね」

美濃屋のあるじは腕組みをした。

いたってあきない熱心で、範とするに足《た》るあきんどだが、いささか昔気質《かたぎ》で、間《ま》尺《しゃく》に合わないことを嫌う。「前の例がない」ことにこだわるのも、そういった性分《しょうぶん》から来ているようだった。

「前の例がなければ、多助さんとおそめちゃんを初めての例にしてみればいかがでしょうか。案外、うまくいくかもしれませんよ」

笑みをつくって、おちよはなおも言った。

「うちの旅籠付きの小料理屋というのも前の例がなかったんですが、いざ始めてみるとうまくいきましたので」

時吉が阿吽《あうん》の呼吸で言う。

「まあ、それも一つの案ではありましょうが……」

卯次郎が腕組みを解かずに言ったとき、おけいとともに旅籠の元締めの信兵衛が入ってきた。

また一人、多助とおそめに力強い援軍が加わった。

三

「旅籠ばかりでなく、浅草をはじめとして長屋を何軒か持たせていただいています。多助さんとおそめちゃんが落ち着くまでは、店賃はなしにいたしましょう」

元締めの信兵衛は言った。

「えっ、それでは申し訳がないので……」

多助が驚いた顔で言う。

「はは、いいんだよ。その分、新妻のおそめちゃんに働いてもらうから」

言葉巧みに、さらりと「新妻の」を入れてしまうあたりが、浮世で劫《こう》を経てきた元締めの知恵だった。

「うーん……」

美濃屋のあるじはまだ承服しなかった。

「餌《えさ》で釣るみたいで何だがね」

信兵衛はそう前置きをしてから続けた。

「うちの旅籠や長屋でも、いろいろとこまごましたものを使うもので。何か要り用があったら、多助さんに言えばすぐ持ってきてもらえるのは、こちらとしてもずいぶんと重宝だから」

多助の名を出してはいるが、要は「美濃屋の品をたくさん買わせていただきますよ」と言っているのと同じだった。あきんどの琴線《きんせん》に触れる言葉だ。

そこで、肴の支度ができた。

「はい、お待ち」

時吉が自ら運んでいった。

「松茸の塩釜焼きでございます。これも美濃屋さんの紙を使わせていただきました。塩を崩してお召し上がりください」

皿を置くと、時吉は一礼して下がっていった。

「元締めさんにも、塩釜松茸を」

おちよが次の皿を運ぶ。

「おお、これは豪勢なものが出たね」

信兵衛がのぞきこんだ。

塩を玉子の白身で延ばし、松茸にていねいに塗る。これを紙でしっかりと包み、うまみを逃がさないようにする。

のどか屋の厨の奥のほうには、生け簀《す》とともに天火《てんぴ》もしつらえられていた。土を固めてつくった和風のオーブンのような調理道具だ。これに火を入れると、いい按配に蒸し焼きにすることができる。

こうして蒸しあがった松茸を、塩を崩していただく。

「なら、まずはいただいてからだね」

箸を執る前の卯次郎は、いくらか渋い顔つきをしていた。

しかし……。

いざ食べはじめると、その顔つきはにわかに変わった。

「これは……」

と、目を瞠《みは》って絶句する。

「松茸のおいしさが二倍にも三倍にもなってるね」

元締めもうなる。

「ただ、塩だけで……」

卯次郎はまだ驚きの面持ちだった。

「お二人にも」

おちよが多助とおそめにも皿を出した。

「ありがたく存じます」

「いただきます」

若い二人の顔からは、やっと赤みが取れてきた。

「ほうぼうでおいしいものをいただいてきたけれど、こんなにうまいものは初めてかもしれない」

美濃屋のあるじは感に堪えたように言った。

「では、この料理に免じて、二人の仲を許してやっていただくわけにはまいりませんかね。夫婦《めおと》になれば、この塩釜の松茸みたいに味も働きも倍になるでしょうよ」

元締めがなおも押すと、卯次郎の表情がふっとやわらいだ。

「では……多助が初めての例ということで」

美濃屋のあるじは言った。

「旦那さま」

多助の顔がぱっと輝く。

「ありがたく存じます」

おそめがすぐさま両手をついた。

「あとに続く者のためにも、初めての例になる者はしっかり励んでくれないとね」

美濃屋のあるじはクギを刺した。

「はい。身を粉《こ》にして働きますので」

多助は晴れ晴れとした顔で言った。

四

「そうかい。そりゃあ、料理の力だね」

一枚板の席で、隠居が笑みを浮かべた。

「いえいえ、元締めさんがうまく風を送ってくださったので」

時吉は信兵衛を立てた。

「ほんとに、何と御礼を申し上げたらいいか」

おそめがまたおじぎをした。今日はいくたびも腰を折り、頭を下げている。

「まあ、あそこは知恵の出しどころだったから」

元締めはいくらか自慢げに言った。

「それにしても、塩釜松茸を食べそびれたのは痛恨だったね」

隠居が苦笑いを浮かべた。

表から千吉が朋輩と遊ぶ声が聞こえる。日はもうだいぶ西に傾いてきた。

松茸はなくなってしまったから、塩釜はつくれない。それはまた日を改めてということになった。

泊まり客はあらかた入り、残すは一階の一室のみとなった。ほかの客はとくに梯子段の上り下りに難儀はなさそうだから、二階に泊まってもらった。

なかには千鳥足で遅く泊まりを求める客もいる。そのために一階の部屋を空けてあった。

ほどなく、女たちは元締めとともに浅草へ引き上げることになった。

「おしんちゃん、どうしてるかしら」

帰り支度を終えたおけいが言った。

「いつも一緒に帰ってたから、ちょっとさびしいかも」

と、おそめ。

「次の人は、おっつけ入りましょうか」

時吉が信兵衛にたずねた。

「もう口入れ屋さんには話をしてあるから」

元締めが答える。

「また顔合わせをして選ぶ段取りになりますか？」

おちよが問うた。

のどか屋が旅籠付きの小料理屋としてやり直すとき、顔合わせをして三人の娘から選ぶことになった。それで選ばれたのがおそめとおしんだが、あのときは異《い》な成り行きになったものだ。

「いや、うちの旅籠を掛け持ちでやってもらうことになるので、わたしが選ばせてもらうよ。これでも人を見る目はあるつもりだから」

元締めはおのれの目を指さした。

「だったら、おまかせします」

時吉が言った。

「どうかよしなに」

おちよも和す。

「よしなに」

帰ってきた千吉までだしぬけに言ったから、のどか屋に和気が満ちた。

元締めと女たちと入れ替わるように、湯屋のあるじの寅次がわいわいとしゃべりながら入ってきた。

「はーい、お客さまたち、ご案内」

のどか屋の番頭みたいに言う。

「ああ、いい湯でしたよ」

「ほんに、さっぱりしました」

そういって入ってきたのは、川越《かわごえ》から江戸見物に来た二人の客だった。いくらか歩くが、のどか屋ではなじみの岩本町の湯屋を紹介している。それを聞いたあるじの寅次が、のどか屋の客の送りという恰好の名目を得て、これ幸いと油を売りに来たらしい。

「湯上がりに御酒は？」

おちよがすすめる。

「もちろん、いただきますよ」

「肴も見繕ってお願いします」

二人の男は上機嫌で言った。

一枚板の席が隠居だけで寂しくなったが、すかさず猫たちが陣取り、前足であごのあたりをかきだした。

千吉は厨に入って、むきむきの稽古だ。

「よし、焼き茄子の皮をむいてくれ」

「うん」

「すぐさわったら熱いぞ。気をつけろ」

時吉はそう言って、皮を黒く焼いた茄子を井戸水に投じ入れた。

包丁を浅く入れて火を通りやすくしてから直火《じかび》でこんがりと焼く。それから皮をむき、だし醬油を回しかけ、鰹節とおろし生姜を天盛りにして出す。

まっすぐ投げた毬《まり》のような肴で、まさに口福の味だ。

「はい、お待ちどおさまです……あら」

座敷に焼き茄子を運んでいったおちよの顔つきがふと変わった。

のれんが開き、知った顔が入ってきたからだ。

おしんの父の初次郎だった。

五

「も少し早く来れば良かったですね」

初次郎が隠居の隣に座って言った。

「でも、ちょうど一部屋空いていたので按配が良かったです」

時吉が答える。

「で、ここへ泊まってどこへ行くんだい？」

隠居がたずねた。

「明日はちょいと願いごとに、と」

おしんの父は言った。

「どんな願いごとです？」

今度はおちよが問うた。

「それはまあ、呑みながら追い追いに」

初次郎はそう言って笑みを浮かべた。

肴は次々に出た。

烏賊《いか》と里芋の炊き合わせは、烏賊から出たうま味が里芋にほどよくしみた煮物だ。醬油色に染まった里芋がつややかで、見ただけでよだれが出てくる。

田楽の串もとりどりにそろえた。豆腐に茄子に蒟蒻《こんにゃく》。いくらか焦がした甘めの味噌が香ばしい。

「こりゃあ、飯が恋しくなるね」

湯屋のあるじが声をあげた。

「お持ちいたしましょうか」

と、おちよ。

「なら、軽く一膳」

「だったら、わたしも」

「こっちにも」

座敷で次々に手が挙がった。

「初次郎さんは？」

おちよが問う。

「おいらは酒で」

元阪木職人は軽く手を挙げた。

「長屋で呑みだしたんですが、娘もいねえし、こちらのほうが良かろうと」

隠居に向かって、初次郎は言った。

「そりゃ、おしんちゃんが修業に出てしまって、おとっつぁんとしてはちょいと寂しくなったね」

「まあ、でも、おいらの代わりに鑿を握ってくれるので、ありがてえことだと思ってます。で、さっき元締めさんには話をしたんですが……」

猪口の酒を呑み干してから、初次郎は続けた。

「こちらへ泊まることにしたのは、明日はちょいと遠出になるので、少しでも近いところにと思った次第で」

初次郎はやや思わせぶりなことを言った。

「どちらまで行かれるんです？」

時吉が問う。

「品川まで」

すぐさま答えると、初次郎はふところからあるものを取り出した。

「なあに、それ」

むきむきの稽古の手を止めて、千吉が無邪気にたずねた。

「これかい？」

初次郎はいくらか陰りのある笑みを浮かべ、臙脂《えんじ》色の風呂敷包みを解いた。

中から現れたのは、鉋だった。

ただし、焼け焦げがある。

「これは、おいらのせがれの形見だよ。これを持って……」

千吉に答えた初次郎は、時吉のほうを向いて続けた。

「品川の棟梁のもとへ、弟子入りを頼みに行こうと心を決めましてね」

元版木職人は、きっぱりと言った。

六

「初次郎さんがですか？」

おちよが目をまるくした。

「その歳で、一から大工の修業を？」

湯屋のあるじもびっくりしたように問う。

「そりゃあ、思い切ったねえ」

隠居の顔にも驚きの色が浮かんでいた。

「ゆうべ、帰り道に娘に切り出したら、ずいぶん驚かれました」

初次郎は苦笑いを浮かべた。

「初助さんの跡を継いで、親父さんが大工の修業をされると」

時吉が道筋をたどり直すように言った。

「門前払いにされるかもしれませんが、住み込みで修業をする支度だけはしてきました」

初次郎は隣を指さした。

たしかに、客室に置いた荷はかなり大きかった。

「しゅぎょうするの？　おじさん」

千吉が問う。

「そうだよ。坊が教えてくれたんだ」

「千ちゃんが？」

わらべはおのれの胸を指さした。

「手習いの先生が言ったことを教えてくれたじゃないか。『人はいくつになっても学ぶことはある。何かを始めるのに、遅すぎることはない』と」

「うん！」

千吉はまるでおのれが言ったかのように胸を張った。

「おじさんはね、それを聞いたときにひらめいたんだ。何かを始めるのに、遅すぎることがないのなら……」

初次郎はそこで言葉に詰まった。

「亡くなった初助さんの跡を継いで、大工さんになろうと思い立ったわけですね」

と、おちよ。

初次郎はうなずき、座敷の客に焼け焦げのある鉋を見せた。

「こいつぁ、先の大火で死んだせがれの形見でしてね。まだ十七だったんでさ。ひとかどの大工になって、江戸でいくら火事が起きたって、おいらが家を建て直してやるからって言ってたのに、てめえが死んじまって……」

「それで、おとっつぁんがその歳から修業に入ると」

「子が親の跡を継ぐってのはよく聞くけれど、あべこべだね」

川越から来た二人の客が言った。

「ちきちょう、泣かせるじゃねえかよ」

岩本町のお祭り男は涙もろい。さっと袖を目に当てた。

「お弟子さんになれるといいね」

隠居が温顔で言った。

「なにぶん四十を越えてますから、当たって砕けろでやってみますよ」

初次郎はぎゅっと形見の鉋を握った。

「息子さんがついていてくれるよ」

隠居が言う。

「はい……」

初次郎は目をしばたたかせた。

「気張ってやってくんな」

半ば涙声で、湯屋のあるじが声をかけた。

「ありがたく……」

初次郎が礼をする。

「きばってね」

千吉がそう言ったから、だいぶ湿っぽかったのどか屋の気が晴れて、にわかに笑い声が響いた。

「ああ、気張らいでか」

初次郎は左のこぶしをぐっと握った。

# 第十章　鳴門巻き

## 一

「世話になりました」

初次郎が頭を下げた。

すでに出立の支度はできている。これから品川の棟梁のもとへ弟子入りの直談判をしにいくとあって、初次郎の顔つきはぐっと引き締まっていた。

「お気をつけて」

おちよが笑顔で送り出す。

「気張ってやってくださいまし」

時吉も声をかけた。

「棟梁もきっと分かってくださいますよ」

「大工の弟子に入《はい》れることを祈ってます」

川越から来た二人の客も、ちょうど宿を出るところだった。初次郎に情のこもった声をかける。

「ありがたく存じます」

初次郎はまたおじぎをした。

おけいとおそめ、それに千吉も見送りに出ていた。

「なら、もし修業に入《はい》るとなったら、しばらく顔を出せねえかもしれませんが」

「だったら、お顔が見えないほうがいいわけですね」

おけいが言う。

「しばらく来なかったら、大工の修業をしてると」

初次郎は鉋をかけるしぐさをした。

せがれの形見の鉋は、ていねいに風呂敷で包み、ふところに入れてある。その重みが心強かった。

「おしんちゃんも顔を見せないから、ちゃんとやってるんでしょうね」

おそめが笑みを浮かべた。

「落ち着いたら、あいつのとこにも知らせに行かねえと……ま、それより、てめえのほうが先で」

初次郎はおのれの胸を軽くたたいた。

「では、わたしらはこれで」

「またいずれ」

川越の客が去っていく。

「ありがたく存じました」

「またのお越しを」

のどか屋の女たちが笑顔で送り出す。

「ありがたくぞんじました」

小さな番頭さんも、慣れた様子で頭を下げた。

それを見送ってから、初次郎も動き出した。

「なら、おいらも」

そう言って、軽く手を挙げる。

「どうかお気をつけて」

おちよが送り出す。

「けさはのどか屋さんの豆腐飯を食ったから、身に力が入ってまさ。気張ってやってきます」

初次郎は笑顔を見せた。

二

「芝神明《しばしんめい》にお参りしていこう」

初次郎は声に出して言った。

ここまでも、折にふれて初助に語りかけながら歩いてきた。

「いい天気になって良かったな」

「おしんはどうしてるだろう」

「いまの駕籠屋、ちょいとおめえに似てたな」

どうということもない言葉だが、形見の鉋をふところに入れて歩いていると、まるで初助が隣を歩いているかのようで、つい声がもれてしまうのだった。

初次郎は長く祈った。

大工の修業に入れますように。おしんの版木彫りの修業がうまくいきますように。

そして、初助があの世で成仏できますように……。

祈ることはたくさんあった。

芝神明を出た初次郎は、いくらか足を速めた。

街道筋を進み、大木戸を通り、沖に白帆が見える道を潮の香りをかぎながら歩いた。

そして、いよいよ品川宿に着いた。

まずは棟梁の住まいをたずねなければならない。

「ちょいとおたずねいたします。ここいらを縄張りにしてるくじら組っていう大工の棟梁をたずねてきたんですが」

始めは旅籠で訊いたが、おかみは知らないようだった。

次は駕籠かきを呼びとめてたずねた。

「くじら組の半纏はよく見るけどよ」

「棟梁が住んでるとこまでは知らねえな」

先棒と後棒が掛け合うように答えた。

そんな按配で、なかなか見つからずにいささか焦ってきたところで、向こうから目つきの鋭い男がせかせかと歩いてきた。

御用聞きではないかと思い、初次郎は声をかけた。

「もし」

「何でえ」

「ここいらにくじら組の棟梁が住まっていると聞いて、たずねてきたんですが」

「おう、知ってるぜ。こう見えても十手《じって》持ちだからよ」

案の定だった。

「道筋を教えていただければ助かるんですが」

「いいぜ。何しに行くんでい」

「大工の弟子にしてもらいてえと思いまして」

初次郎は包み隠さず言った。

「大工の弟子？　おめえの歳で？」

十手持ちは素っ頓狂な声をあげた。

「せがれがくじら組に世話になってたんですが、先の大火で死んじまったもので、おいらが跡を継いでやろうと肚《はら》を決めてきたんでさ」

「そうかい」

十手持ちの声音が変わった。

「丸焼けになった前の火事だな？」

「へい」

「あの火事じゃ、おいらもいくたりも知り合いを亡くした。そうかい、殊勝なことじゃねえかよ。案内してやるぜ。ついて来な」

十手持ちはそう言うと、先に立って歩き出した。

「助かります」

初次郎が続く。

やがて坂を上り、一軒の家の前に着いた。

「ごめんよ。棟梁はいるかい？」

せっかちな十手持ちはそう問いながらずんずん入っていった。

しばらくおかみとのやり取りがあった。初次郎は入口で待っていた。どうやら棟梁はまだ戻っていないらしい。

「おう、入《へえ》んな」

十手持ちが声をかけた。

おかみが軽く頭を下げる。

「棟梁はまだ仕事らしいぜ。名をなのって待たせてもらいな」

十手持ちが言う。

「へい。……お初にお目にかかります。せがれの初助がこちらの棟梁さんに世話になっておりました」

「まあ、初助さんの」

おかみの顔に驚きの色が浮かんだ。

「さようで。今日はちょいと棟梁にせがれが世話になった御礼と、折り入ってお話をと、押しかけて参った次第で」

「それはご苦労さまでございます。あいにくまだ戻っていないので、どうぞ上がってお待ちくださいまし」

おかみは座敷を手で示した。

「いや、そりゃあできません。表で待たせてもらいます。……こりゃあ、つまらねえものですが」

少し迷ったが、初次郎は先に手土産だけ渡した。

大門の風月堂音吉《おときち》で買ってきた饅頭だ。浅草の風月堂音次はのれん分けの弟子筋に当たる。

「まあ、気を遣っていただいて」

おかみはすぐ受け取った。

「なら、おいらは宿場へ戻るぜ」

十手持ちが潮時と見て言った。

「世話になりました、親分さん」

初次郎は頭を下げ、続いて外に出た。

三

坂からは海が見えた。

西から差しこむ茜の光が、空の雲を染めている。

風に吹かれてくじら組の棟梁の帰りを待ちながら、初次郎はその浄土のような景色をながめていた。

盆のような大きな海には、一つ、二つ、白帆の船が浮かんでいた。それを見ているうちに、初次郎はふと思い当たった。

ふところの風呂敷包みを取り出し、中に入っていたものを取り出す。

「見な」

焼け焦げのある鉋をかざして言う。

「船が浮いてるぜ。おめえの好きだった船が、また見えたな、初助」
せがれの形見に向かって語りかける。
「おめえもこの坂を上って、棟梁の家へ上がったりしてたのかい」
答えはない。
あるはずがない。
葉を落とした近くの林の木々を揺らして、ただ風が吹き抜けていくばかりだった。
その場に突っ立っているだけだと、少し寒かった。形見をまた風呂敷にしまうと、
初次郎は坂をもう少し上った。
しみづや、とのれんに記された飯屋からいい香りが漂ってくる。
いくらか心が動いたが、初次郎はぐっとこらえて引き返した。
すると、そろいの半纏をまとった三人の男がちょうど坂を上ってくるところだった。
道具を背負っているから、遠目でも分かった。
くじら組の大工衆だ。
ほどなく、三人の大工衆は顔が見えるほどに近づいてきた。
初次郎は、ほっ、と一つ気を入れるように息を吐き、前へ進み出た。
「くじら組の皆さんで」

そう言って頭を下げる。

「そうだが、おまえさんは？」

年かさの、棟梁とおぼしい男がいぶかしげに問うた。

「こちらに世話になっていた初助の父親で、初次郎と申します」

元版木職人は思いをこめて名乗った。

「おお、初の……」

棟梁の顔に驚きの色が浮かんだ。

「おやっさんかい」

年季が入っていそうな大工が言う。

「へい。せがれが世話になりました。わけあって江戸を離れていたもんで、礼が遅くなりました」

「おめえさん、親方と喧嘩をやらかして江戸にいられなくなったって、初が言ってたけどよう」

「それは、わびを入れて許してもらいました。おいらの代わりに、娘がいま修業に入ってまさ」

「そうかい。だったら、引っかかりはもうねえんだな？」

「へい」

「ま、上がんな」

棟梁は身ぶりをまじえて言った。

「失礼しやす」

初次郎も続いた。

四

棟梁は卯之吉《うのきち》、その片腕をつとめている古参の大工は辰助《たつすけ》、まだおぼこい顔の弟子は平治《へいじ》といった。

さほど広くはない座敷に座り、土産の饅頭をつまみながら話をすることになった。

「おう、早くしな」

棟梁が奥に声をかけた。

「はい、ただいま」

おかみが盆に湯呑みを載せて入ってきた。

「その節は、せがれが世話になりました」

湯呑みがそれぞれに行き渡ったところで、初次郎が切り出した。

「初は……かわいそうなことをしちまった。普請場から逃げ遅れちまってよう。なんとかしてやれなかったのかと、いまでも悔やまれるんで」

棟梁はそう言って唇をかんだ。

「形見の鉋を娘に届けてくだすって、ありがたく存じました」

初次郎はそう言うと、やおらふところから風呂敷包みを取り出した。

「それかい?」

卯之吉が指さす。

「へい。せがれの形見で」

初次郎は包みを解いた。

「初が使ってた鉋だ」

片腕の辰助が感慨深げな面持ちになった。

「焼け焦げてますが、まだ使えまさ。刃はよく研いどきました」

初次郎が言う。

「初が生きてりゃ、おめえのいい兄弟子になったのによう」

涙もろい棟梁は、いくらかうわずった声音で平治に言った。

新入りの大工がこくりとうなずく。

「で、今日は折り入ってお願いがあって、こちらへうかがったんで」

初次郎はいよいよ勘どころに入った。

「おう、何でも聞くぜ」

袖でさっと目元をぬぐってから、卯之吉が答えた。

「その……おいらを、弟子にしていただきてえと」

初次郎はそう言って、畳の上に両手をついた。

「は？」

くじら組の棟梁は、鳩が豆鉄砲を食らったような顔つきになった。

「おめえさんがかい？」

古参の大工も驚いて問う。

「へい。死んだせがれの果たせなかった夢を、歳は食ってますが、おいらが継いで修業をしたいと。そして、いつの日か、ひとかどの大工になって、せがれの墓に……知らせてやりてえと」

「おめえさん、いくつだい」

卯之吉がたずねた。

「四十三で」

初次郎が答えた。

「おれは四十一だ。棟梁より年かさの弟子ってのは聞いたことがねえぞ」

くじら組の棟梁の顔には、まだ驚きの色が浮かんでいた。

「人が何かを始めるのに、遅すぎることはねえと教わりました。どうか、おいらを弟子にしてくだせえ。このとおりだ」

初次郎は、額を畳につかんばかりにした。

「一人前の大工になるには、年季が要るんだ」

「そりゃあ、承知の上で」

「平治、おめえはいくつだ」

棟梁は新入りの弟子にたずねた。

「十五で」

わらべに毛の生えたような新弟子が答える。

今日は普請場から家へ連れて帰り、飯を食わせながら古参の辰助とともに大工の心得をよくよく言い聞かせる腹づもりだったのだが、思わぬ成り行きになった。

「修業に早くて七年かかるとすらあ。そしたら、おめえなら二十二だ。だがよ……」

卯之吉は初次郎を見た。

「おめえさんに七を足しゃあ、五十になっちまうぜ。そろそろ棺桶の支度もしなきゃいけねえ頃合いだ」

「でも、長く生きる人もおりましょう。いつまでも元気で変わりのない人だっておりますさ」

のどか屋の常連の隠居の顔をふと思い浮かべながら、初次郎はここを先途《せんど》とばかりに言った。

「まあ、そりゃそうだが」

棟梁は片腕の顔を見た。

「歳取ってくると、大工の普請場はつれえぜ。覚えだって悪くならあ」

辰助が言う。

初次郎は顔を上げた。

そして、右手の指をいくらかかざして告げた。

「てめえの身から出た錆で、版木彫りの職人を続けることはできなくなりましたが、厳しい修業をしたほまれの指は、まだこの身につながってますさ。この指で、手で、体と心で、一つ一つ覚えていきますんで」

必死の形相で訴える。

「そりゃあ、気持ちは分かったが、十五のこいつの弟弟子になるんだぞ」

棟梁は平治を指さした。

「初助が修業に入ったのも、それくらいの歳でした」

「ああ、そうだったな」

棟梁はやや遠い目つきになった。

「あいつは、もうこの鉋を使えねえんでさ」

初次郎は形見の鉋を手に取った。

「いくら江戸で火事が起きたって、おいらが建て直してやるって口癖のように言ってたのに、おのれが火事で死んじまってよう」

「………」

棟梁が無言でうなずく。

「おめえはもう手を動かせねえ。立派な大工になったら、おとっつぁんのために家を建ててやるって言ったじゃねえかよ、初助。あの約はどうなっちまったんだよう。こんなもんしか遺さずによう」

初次郎は焼け焦げのある鉋をぐっと握りしめた。

「……つれえな」

卯之吉は喉の奥から絞り出すように言った。

「んなわけで」

我に返ったように言うと、初次郎は座り直して続けた。

「死んだせがれが果たせなかった夢を、苦労をかけちまったおいらが……大火のときは江戸にいられず、助けることもできなかったこのおいらが、罪滅ぼしも兼ねて、一から修業をして、いつかひとかどの大工になって、果たしてやりてえと思った次第で」

「棟梁」

片腕の辰助が声をかけた。

「入れてやっておくんなせえ。歳は食ってても、元は職人だ。やる気も人よりたんとある。覚えは早いはずでさ」

「ああ」

棟梁はうなずいた。

「初助が、助けてくれるぜ」

初次郎に向かって言う。

「すると、おいらを……」

ほまれの指を持つ男の顔つきが変わった。

「棟梁より歳が上でも、新弟子に変わりはねえ。びしびしやるぜ」

卯之吉はそう言って笑みを浮かべた。

「ありがたく存じます」

初次郎はまた両手をついて礼をした。

「おい、余ってる半纏を持ってきな。中くらいのでいいぜ」

棟梁が奥に声をかけた。

「はい、ただいま」

ややあって、おかみが半纏を運んできた。

海を想わせる深い群青《ぐんじょう》色の半纏の背で、くじらが潮を噴き上げている。見るとほっこりする図柄だった。

「着てみな」

「へい」

初次郎は袖を通した。

この半纏を初助も着ていたかと思うと、何とも言えない心地がした。

「似合うぜ」

棟梁が言った。

「あいつと顔が似てるから」

と、辰助。

「そりゃ親子だからよ……まるであいつが何事もなく人生を過ごして、志を果たして、ひとかどの大工になってそこに座ってるみてえじゃねえか」

そう言ったところで、にわかに堰が切れた。

涙もろい棟梁は、くじらが潮を噴くようにわっと泣きだした。

## 五

次の日から、初次郎の大工修業が始まった。

若い衆にまじって長屋に住み、普請場から帰ったら早めに寝て、朝早く起きてまた普請場へ行くという暮らしだ。

新弟子は下積みの仕事ばかりだ。木を運び、道具を磨く。兄弟子が道具を操る仕事ぶりを見て、段取りを一つずつ覚えていく。

かしらや兄弟子の背を見ながら、職人の梯子段を一つずつ上っていく。かつては版木彫りでたどった道だ。初次郎の呑みこみは早かった。

だが……。

体はだいぶつらかった。若い衆と同じように、重い木や道具を運ぶのだから、そのうちほうぼうが痛んできた。湯につかるときには指でていねいにもみ、長屋に帰るなり布団に入る毎日だった。

それでも初次郎は音《ね》を上げなかった。愚痴もいっさいこぼさなかった。

つらいときには、せがれの形見の鉋に触った。すると、心なしか体の節々の痛みがやわらぐような心地がした。

その仕事ぶりを、棟梁の卯之吉はちゃんと見ていた。

これならと思った棟梁は、まず鋸《のこぎり》から教えた。

大工の道具は多いが、鋸にもいろいろなものがある。七寸は刃先が細かく、わずかな狂いも許されない床柱などに使う。一方、尺二寸は長くて刃先が粗《あら》く、力を入れて挽《ひ》くことができる。これは屋根板などを切るときに用いる。

「いいか、こうやるんだ」

棟梁は自ら手本を見せてくれた。

「へい」

初次郎は鋸を手に取り、手本どおりに動かして見せた。

「うめえじゃねえか」

棟梁の顔がほころんだ。

「呑みこみが早《はえ》えな、初さん」

「さすがは元版木彫りだ」

年下の兄弟子たちが言う。

それやこれやで、初次郎は少しずつ大工仕事の水になじんでいった。

いつのまにか木枯らしが吹きはじめたある日、握り飯の中食《ちゅうじき》を食べているとき、初次郎は棟梁にこんな申し出をした。

「修業中の身で相済まねえことなんですが、娘の様子が気になるもんで、こいつを見せがてら顔を見に行ってやりてえんですが」

初次郎は半纏の背を向けた。

「おう、いいぞ。仕事場はどこだ」

「本郷の竹町で」

「ちょいと遠いな。だったら、明日は休みでいいぞ」

棟梁の許しが出た。

「ありがたく存じます。そのあと、世話になった横山町ののどか屋さんにも顔を出させてもらいます」

「礼を言って、筋を通さねえとな」

棟梁が笑みを浮かべる。

「へい」

「のどか屋ってのは、うめえもんを出してくれるそうじゃねえか」

「そりゃあもう、江戸一でしょう」

初次郎は力強く請け合った。

「なら、通いが難儀だが浜松町で義理のある普請が始まるんで、それのきりのいいところでおめえさんが入った祝いをしようぜ」

「のどか屋でですか」

「おう」

「承知しました。旅籠も付いてるんで、泊まりもできますんで」

のどか屋の番頭のような口調で、初次郎は言った。

# 六

翌る日――。

初めて休みをもらった初次郎は、本郷竹町の版木彫りの仕事場へ急いだ。

品川からはずいぶんと歩いたが、昼下がりにようやく着いた。

もう仕事が始まっているらしい。鑿を動かす音が戸口まで響いてきた。

「ごめんくださいまし」

初次郎はよく通る声を発した。

「……はい」

ほどなく、おかみのおすげが出てきた。

「まあ、初次郎さん」

「無沙汰をしておりました」

「おまえさん、おしんちゃん、初次郎さんが」

おすげは仕事場に声をかけた。

それを聞いて、初次郎はほっとした。おしんはちゃんと修業を続けているらしい。

「おう、上がれ」

奥から親方の声が響いた。

「へい、失礼します」

初次郎が姿を現すと、そのなりを見て、すぐさま声が飛んだ。

「似合うじゃねえか、初」

音松が言った。

「いっぱしの大工みてえだぜ」

兄弟子の鶴七が和す。

「いなせな半纏ですね、初さん」

弟弟子の利三が笑みを浮かべた。

「棟梁が弟子にしてくださったのね」

おしんがほっとしたような顔つきで言った。

「ああ、棟梁より年上の弟子だけどよ」

初次郎がそう言ったから、版木彫りの仕事場に和気が漂った。

「おめえのほうはどうだ?」

父は娘にたずねた。

「毎日、修業してるよ。おかげで、ほら」

　おしんは指をかざした。

「どれ、見せてみな」

　初次郎が手を伸ばす。

　娘の指にさわると、まだ小さいが、たしかに胼胝ができていた。

「ほまれの指になってきたじゃねえか」

「うん。ちょっとずつやってる」

「こいつはどうですかい。厄介ばかりかけてませんかい」

　初次郎は親方に問うた。

「さすがはおめえの娘だ。筋がいいぜ」

　音松は笑みを浮かべた。

「それに、女ってのは男より根《こん》が続く。こりゃあ、修業を積んできゃ、ひとかどの職人になるぜ」

　版木彫りの親方は太鼓判を捺した。

「そのうち抜かれちまうよ」

「鑿を彫る力もついてきたからな」

ほかの職人からも声が飛んだ。

「おう、おとっつぁんにあれを見せてやりな」

音松がおしんにうながした。

「あれですね。いま取ってきます」

おしんはさっと立ち上がった。

ややあって、おしんは小ぶりの版木を持って戻ってきた。ふところにも何か忍ばせている。

「試し彫りかい」

初次郎は訊いた。

「おなおちゃんがおとっつぁんの似面を描いてくれたときのことを思い出して、見よう見まねで描いたのを下絵にして彫ったの」

おしんが答えた。

「なかなか堂に入ったもんだぜ」

親方が言う。

「人の顔だな。だれだい？」

答える代わりに、おしんはふところに忍ばせていた紙を取り出して渡した。

「こいつぁ……初助か」

おしんはこくりとうなずいた。

「ちょいとゆがんでるけど、あいつに違えねえ」

初次郎は目をしばたたかせた。

「まだ下手《へた》だから」

と、おしん。

「これだけできりゃ上々よ」

初次郎がうなずく。

「持ってて、おとっつぁん」

おしんは紙を指さした。

「いいのかい？」

「うん」

「なら、ありがたく」

初次郎は似面を額に押しいただいた。

「おい、初」

音松が声をかけた。

「へい」

親方は渋く笑ってから言った。

「いい娘を持ったな」

ひと息遅れて、初次郎はうなずいた。

## 七

「まあ、これをおしんちゃんが」

おちよがいくたびも瞬きをした。

本郷竹町の仕事場を辞した初次郎は、その足で横山町ののどか屋を訪れた。いま、おしんが彫った初助の似面を渡したところだ。

「あいつなりに気張ってやってるみたいでさ」

初次郎は言った。

「初次郎さんも元気そうだね。なんだか若返ったみたいだよ」

一枚板の席から隠居が言う。

「半纏のせいでしょう、ご隠居」

「いやいや、出てる気が前よりぐっと若いです」

宿直《とのい》の弁当を仕上げながら、時吉が言った。

座敷には、大和梨川藩《やまとなしがわはん》の二人の勤番の武士がいた。

すらりとした美男子が、若き剣の達人の杉山勝之進《すぎやまかつのしん》。硝子《ガラス》玉の厚い眼鏡をかけた小柄なほうが、囲碁の名手の寺前文次郎《てらまえぶんじろう》だ。

ずっと常連だった原川新五郎《はらかわしんごろう》と国枝幸兵衛《くにえだこうべえ》が、大きな役を得て国もとへ帰ったあと、跡を継いで折にふれてのどか屋に顔を出してくれている。

「そうそう、親方がいずれのどか屋さんでおいらが入った祝いをと」

初次郎が言った。

「それはありがたく存じます。頭数はどれくらいになりましょうか。日取りが分かれば、貸し切りにもできますが」

おちよが如才なく言う。

「いや、普請場のきりがついたら、内輪の小人数だけで寄らせてもらうことになると思いまさ」

「さようですか。なら、お待ちしておりますので」

おちよが笑みを浮かべた。

「祝いごとが続きますね、おかみ」

寺前文次郎が言う。

「ほんと、うれしい忙しさで」

「何の祝いごとです？」

初次郎が問うた。

「おしんちゃんと一緒に働いていたおそめちゃんが、小間物問屋の多助さんと添うことになったんです。その身内だけの祝言が近々ここで」

おちよが答える。

「ほう、そりゃめでたい」

初次郎の顔もほころんだ。

ほどなく弁当ができた。

風呂敷に包む前に、皆がのぞきこむ。

今日はいい鶏が入ったので、もも肉の照り焼きが大関を張っている。ほかに、海老と蓮根の天麩羅、小芋の煮物、人参の黒胡麻和え、たたき牛蒡に栗きんとん、香の物も彩り豊かに入った身の養いになる宿直弁当だ。

「皆が喜びます」

容子《ようす》のいい若き剣士がさわやかな笑顔で言った。

「これは、わたしらみたいな田舎侍には申し訳ないような料理ですね」

碁打ちが指さしたのは、おぼろ昆布の鳴門巻きだった。海老を細かく砕いてつなぎをまぜて味つけをし、薄く伸ばした地をおぼろ昆布で巻く。これを切ると、鳴門の渦潮さながらの渦巻き模様が現れるという小技の利いた料理だ。

「見た目が凝った品が一つくらい入ってると、弁当がぐっと引き立ちますので」

時吉が講釈する。

「そりゃ、どれもこれも鳴門巻きだったら目が回るからね」

隠居がうまいことを言ったから、のどか屋に笑い声が響いた。

しかし……。

初次郎だけは笑わなかった。

弁当に入っている鳴門巻きを、いやにしみじみと見ていた。

「どうしました、初次郎さん」

目ざとく見つけて、おちよが問う。

「おいら……渦に巻かれちまったのに、みんなに助けられて、こうやって大工の半纏を着て江戸の町にいられるんで……ありがてえことだと」

初次郎は感慨深げな表情で答えた。

「鳴門巻きはまだできますよ。くじら組のお弁当もつくりましょう。明日の昼の分ならもちますので」

時吉がそう申し出た。

「そりゃあ、いい土産になります」

初次郎の顔がにわかに晴れた。

# 第十一章　夫婦雛玉子

## 一

一見したところ、それは祝言の場には見えなかった。

多助もおそめも、普段と変わりのない恰好をしていたからだ。

多助は美濃屋の手代、おそめはのどか屋の手伝い。どちらもいつもと同じように働いてからこの場に臨んでいた。

「なんだか、わたしらだけ紋付きで妙な感じだね」

一枚板の席に座った隠居の季川が、隣を見て言った。

「まあ、年の功ということで」

そう答えて笑ったのは元締めの信兵衛だった。こちらも紋付きに威儀を正している。

「こっちはどうしようか迷ったんですが、改まったもんじゃねえと聞いたので」

そう言ってちらりと髷に手をやったのは、多助の叔父だった。

先の大火で二親《ふたおや》を亡くした多助にとってみれば、わずかに残った係累だ。今戸《いまど》で焼き物の窯元《かまもと》をしている叔父は、その女房とともに足を運び、今日はこのままのどか屋に泊まることになっていた。

「ほんとに内々の祝言みたいなものなので、わざわざお越しいただいて」

多助は叔父に向かって頭を下げた。

「なんの。兄貴の代わりだからね」

今戸焼の窯元は、多助の前に置かれたものを指さした。

白木の三方《さんぽう》の上には、見るからにおめでたい鯛の塩焼きが載せられている。ただ、据えられているのは料理ばかりではなかった。

煙管があった。多助のものではない。その父の形見だった。

形見だらけでは次々に運ばれる料理の置き場所に困るから、あらかじめ相談して品を限ることにした。

多助の父の煙管、おそめの母の櫛。

亡き親も祝言の場に加わっていた。猪口も置かれている。

のどか屋の座敷はさほど広くはないから、数を限るしかなかった。多助とおそめはいくたびも話し合って、声をかける者を決めた。

多助の朋輩は二人。

一人は同じ美濃屋で苦楽をともにしてきた男だ。

「おめえだけ、かわいい女房をもらいやがって」

口ではそう言いながら、目は穏やかに笑っていた。

いま一人は竹馬《ちくば》の友で、腕のいい井戸掘り職人ということだった。

これ幸いとばかりに、宴が始まるまでにのどか屋の井戸を見てもらった。

「こりゃあ、料理屋にはうってつけの井戸ですね。いい水が出てますよ」

と、太鼓判が捺された。

おそめのほうも朋輩は二人だった。

一人は幼なじみで、ともに手習いへ通っていた仲だ。まだ嫁には行っていないが、わがことのように喜んでくれた。

もう一人は座敷に座っていなかった。おちよとおけいと同じいでたちで、立ってばたばたと動いていた。

おしんの後釜はいったん元締めの信兵衛が決めたのだが、あいにく先方の親が不承知で、振り出しに戻ってしまった。

旅籠づとめの女にもいろいろあって、なかには芳《かんば》しからぬなりわいを兼《か》ねている者もいる。そのあたりを気にして、旅籠はまかりならぬと娘に言ったらしい。

ここで、おそめの友が手を挙げた。

それなら、わたしがやってみる、というわけだ。

元締めが会ってみると、明るくて気立ても良さそうだ。話はすぐ決まった。

こうして、のどか屋を含む旅籠を掛け持ちで働く娘が新たに入ることになった。

名をおこうという。

「もうじきそろうと思うから、お刺身の大皿を運びましょう、おこうちゃん」

おちよが声をかけた。

「はあい」

元気のいい声が返ってきた。

二

「遅いわねえ、伯母さん」

おそめが少し首をひねった。

残すところは、おそめの親代わりだけだった。

伯母が乾物屋に嫁いでいて、あらかじめ声をかけてあるのだが、まだ姿を見せない。

「迷いそうもないところだけど」

多助も案じ顔だ。

一枚板の席では、隠居がちょこんと座った千吉に向かって、先月、日暮里《にっぽり》のお寺で行われた見世物の話をしていた。

京から下《くだ》ってきたある男が「霽《せい》」という大きな字を書いて度肝を抜いた。馬鹿でかい筆を肩にかつぎ、お付きの者が墨をためた壺を抱えて回るさまを面白おかしく伝えると、わらべはたいそう喜んでいた。

そうこうしているうちに、最後の客を乗せた駕籠が着いた。

「相済みません、遅くなりました。これはあきないものですが」

乾物屋のおかみが包みを渡した。

「縁起物のよろ昆布でございますね。ありがたく存じます」

おちよがていねいに受け取った。

「ごめんね、おそめちゃん。出がけにお客さんが来たもんだから」

伯母が履き物を脱ぎながらわびた。

「いえいえ、忙しいところを」

と、おそめ。

「忙しくなんかないのよ。ちょいと間《ま》が悪かっただけ。……このたびは、おそめが世話になります」

おそめの伯母は、多助とその叔父に向かってていねいに両手をついて頭を下げた。

「こちらこそ、よしなに」

こんな按配で、顔がそろった。

時吉がおちよに目配せをする。

刺身に続いて、揚げ物が運ばれていった。

今日は早起きをして、とびきりいい海老を仕入れてきた。尻尾がぴんと立つように小技を利かせて揚げた海老天は、衣《ころも》に玉子の黄身を用いた贅沢な金麩羅《きんぷら》だ。

「わあ、おいしそう」

ややあって運ばれてきた寿司桶を見て、おそめが歓声をあげた。

「きれいだなあ」

多助も感に堪えたように言った。

染飯《そめいい》を巧みに用いた細巻きを合わせて太巻きにする。これを切ってやれば、切り口に色とりどりの花が浮かぶ。

弟子の吉太郎に技が受け継がれた細工寿司だ。

「これは判じ物になってるんですよ」

おちよが謎をかけるように言った。

「判じ物？」

「いったい何だろう」

皆が首をひねったが、当たりが出そうもなかった。

おちよが厨に目配せをする。

「染飯の細工寿司が多い……つまり、おそめが多助ということで」

「なるほど」

隠居がひざを打った。

「そりゃあ、いいや」

元締めも顔をほころばせる。

大皿はそれだけではなかった。

やはり、目を引くのは刺身だ。鯛と平目で、昆布じめと素の造りの二種も楽しめるようになっている。

「今日はお二人のお祝いです。どんどんお出ししますので、存分に召し上がってくださいまし」

時吉が短い口上を述べた。

「では、まず固めの盃を」

おちよが酒器を手に取った。

「まず、ってほかにもいろいろ段取りがあるのかい？」

隠居が問う。

「いえ、祝言の段取りはこれだけで」

「ずいぶんさっぱりしてますね」

おけいが笑う。

「そりゃ、どちらもつとめをしてから来てるくらいだから」

おちよも笑みを浮かべ、多助とおそめの盃に酒を注いだ。

こういうときのために取ってある下り酒だ。

「こちらにも」

おちよは小声で言って、多助の父とおそめの母の猪口にも酒を注いだ。

二親ともに亡くしているとはいえ、猪口をたくさん並べると料理に差し支える。二人で一つということにしてもらった。

二人の朋輩たちがしんみりした顔つきになったのを見て、おちよは気を換えるように言った。

「さあ、若いお二人の門出《かどで》です。固めの盃をどうぞ」

多助とおそめが顔を見合わせ、うなずき合う。

「かためのさかずきって？」

千吉がだしぬけにたずねた。

「夫婦《めおと》の絆をかためるために、お酒を呑むことになってるの」

「だれがきめたの？」

なおも無邪気に問う。

「あとでご隠居さんに教えてもらいなさい」

おちよが言った。

「おいおい、わたしは何でも知ってるわけじゃないんだから」

隠居が笑う。

「とにかく、静かにしてなさい、千吉」

わらべは黙ったが、今度は猫がなきだした。

しょうを産んだというのにまだ子猫気分が抜けないゆきが「遊べ、遊べ」とうるさく言う。

「しずかにしてなさい、ゆきちゃん」

千吉がそうたしなめたから、のどか屋にどっと笑いが起きた。

それやこれやで、仕切り直しになった。

多助とおそめは息を合わせて、盃の酒を呑み干した。

「いいぞ」

「これで夫婦だな」

「めでてえこった」

ほうぼうから声が飛ぶ。

「では、段取りが終わりまして、あとは……ただの宴《うたげ》ということで」

おちよがそう言ったから、また笑いがわいた。

だが……。

まだ段取りは終わっていなかった。

「うん」

ほどなく駕籠が着き、もう一人、飛び入りの客が現れたからだ。

のどか屋に遅れて入ってきたのは、美濃屋のあるじの卯次郎だった。

三

「旦那さま……」

多助が目をまるくした。

「そんな顔をしなくたっていいじゃないか。のれん分けをした者の祝言には、いままでは欠かさず顔を出してきたからね」

美濃屋のあるじがそう言って座敷を見た。

「旦那さま、おいらが空けますんで」

多助の朋輩のお店者《たなもの》があわてて立ち上がった。だれか空けるか、一枚板の席を詰めなければ座るところがない。

「悪いな。わたしが遅れてきたのに」

「いえいえ、おいらはこっちが似合いで」

多助の友は花茣蓙が敷かれた土間のほうへ移った。

飛び入りの泊まり客など、さらに人が増えてもいいように、土間に牡丹《ぼたん》の絵柄が美しい花茣蓙を敷いておいたのだが、ちょうどいい按配らしく猫たちがお休み処にしていた。

「ちょいとまぜてくんな」

多助の友がそう断って腰を下ろしたので、おのずと和気が満ちた。

「でも、わたしが目の前に座ってると気詰まりだね。あいさつをしたら、そちらに」

卯次郎は一枚板の席を指さした。

「おいでなさい。詰めるから」

隠居が手招きをした。

「千吉、でんと場所を取ってないで、茣蓙のほうへ移りなさい」

おちよが声をかけた。

「うん」

千吉は素直に従い、一枚板の席に美濃屋のあるじが移った。今日は料理もあるから、こちらは三人がいいところだ。

「では、仕切り直しで、どんどん召し上がってくださいまし」

時吉が言って、赤飯を座敷に運んでいった。ささげをふんだんに使った、もちもちした赤飯だ。

「皿が空きませんと次の料理を出せないもので、どんどん召し上がってくださいね」

おちよが笑みを浮かべて言う。

「御酒もお持ちしますので」

おけいも和す。

「今夜は泊まりだから、つぶれても平気だな」

多助の叔父がさっそく箸を動かしながら言った。

「ほどほどにしときなさいよ、おまえさん」

女房がクギを刺す。

「今戸焼の窯元さんとうかがいましたが」

まだ次の料理を出せないから、時吉は初顔の者と話をした。

「そうなんで。頑丈なだけが取り柄の壺なんぞをつくってまさ」

「ああ、それなら漬け物用の壺をいくつかお願いできればと」

「そりゃ、お安いご用で。のどか屋の御用達《ごようたし》となりゃ、鼻が高えや」

そんな調子で、またひとすじ、新たなあきないの糸がつむがれた。

おそめの伯母は乾物屋に嫁いでいるから、如才なく昆布などの売り込みをした。土産の昆布はひと目でいい品だと分かったので、これまでの仕入先と角《かど》が立たない按配で入れてもらうことになった。

おそめと多助の二人は言わずもがな、その友同士もいい按配に話が弾んでいた。こうしてまた新たな縁が生まれたりするのは、昔も今もさほど変わらない。

「でもよう……」

いくらか料理と酒がすすんだところで、多助の叔父の顔つきが急に変わった。

「どうしました、叔父さん」

多助が問う。

「兄貴が生きてれば、どんなに喜んだろうと思ったら、おいら、たまんなくなってきてよう」

そう言うなり、今戸焼の窯元はぼろぼろ泣きだした。

「ごめんなさいね、この人、泣き上戸《じょうご》で」

「いや……」

多助も言葉に詰まった。

そこに置かれている形見の煙管を見ると、父の声音までありありと思い浮かんだ。

「良かったじゃねえか。女房を大事にしな」

つい耳元でそうささやかれたかのようで、何とも言えない心地がした。

そんな按配で、明るかるべき祝言の席がいやに沈んでしまったとき、助けになる男がやにわにのれんを分けて入ってきた。

「おめでとうさんで！」

抜けるような声を発したのは、湯屋のあるじの寅次だった。

## 四

岩本町から来たのは、お祭り男ばかりではなかった。「小菊」の吉太郎と野菜の棒手振りの富八も笑顔で従っていた。

「置くところがないですね」

寿司桶を手にした吉太郎が笑みを浮かべた。

色とりどりの手綱寿司《たづなずし》が並んだ、場がぱっと華やぐ桶だ。祝言のために、わざわざつくってきてくれたらしい。

「相済みません。では、千吉の前に」

おちよが言った。

「食べ放題だね」

隠居が笑う。

「うん」

千吉は満足げにうなずき、早くも寿司に手を伸ばした。

「本日はおめでとうさんで。おいらはただの常連なんですが」

「右に同じ」

寅次と富八が言う。

「だいぶのどか屋の水に慣れてきたかい」

湯屋のあるじが新入りのおこうにたずねた。

「はい。まかないもおいしいので、毎日楽しみです」

おこうは明るい口調で答えた。

「うちの長屋も食べ物には気をつけてるんです」

美濃屋のあるじが言った。

「小間物問屋は働き手があったればこそですからね。まあ、うちもそうですが」

旅籠の元締めが言った。

「どこもそうでしょう。まあ何にせよ、おそめちゃんと多助さんは変わらずつとめることになったし、夫婦になっていっそう励みが出るだろうよ」

隠居の言葉に、次の料理をつくりながら時吉がうなずいた。

「こちら、お下げします」

おちよが刺身の大皿を下げた。

代わりに運ばれてきたのは、まず鯛の骨蒸しだった。梨割りにした鯛の頭に酒を振りかけて蒸す。仕上がりばなに豆腐と青菜と占地《しめじ》も入れてさらに蒸し、だし醤油でさっぱりといただく。

「二つだけで数が足りませんが」

おちよが申し訳なさそうに言った。

「だったら、多助さんが」

おそめが身ぶりを添えて言う。

「おいらには分不相応だよ、鯛のおかしらなんて」

「おまえの祝いに来たんだよ、多助」

だいぶ赤くなった顔で、今戸の叔父が言った。

「叔父さん、食べてくださいよ。おとっつぁんの分まで」

多助が形見の煙管を指さした。

「いただいたら？　おまえさん」

叔父のつれあいが水を向ける。

「ああ」

ほどなく、多助の父の猪口に酒が注がれた。

「呑め」

今戸焼の窯元が言った。

「めでてえな、今日は」

泣き上戸の多助の叔父は、またぽろぽろ泣きだした。

場がしんみりしてしまったところで、今度はおけいが皿を運んできた。

「茸の山、でございます」

だしと醤油と味醂で、茸をさっと煮る。茸は何でもいいが、三種を取りそろえるとうまさが引き立つ。

ここにすりおろしたとろろ芋をかけ、雪化粧に見立てる。ただ白一色だといま一つ景色がさえないから、青海苔を竹串であしらう。これで思わずため息が出るほどのたたずまいになる。

「わあ、いい景色」

「食うのがもったいねえくらいだな」

おそめと多助の幼なじみの瞳が輝く。

「おいしい」

花茣蓙のほうから声が響いた。

手綱寿司を食した千吉が、花のように笑う。

「おう、たんと食え」

その隣であぐらをかいた寅次が言った。

「千坊のためにつくってきたみたいだな」

と、吉太郎。

「いや、おいらも食うぜ」

花茣蓙に陣取った富八も手を伸ばした。

料理はさらに続いた。

「こういうものも、つくってみました」

おちよが笑顔で差し出したのは、顔に見立てた二つのゆで玉子を入れた小ぶりの竹籠だった。

片方の玉子に食紅で色をつけ、黒胡麻で目鼻、海苔で髪をつけている。夫婦雛さながらの愛らしさだ。

「しるしに持って帰りたいくらいです」

多助が言った。

「ほんと、かわいい」

おそめが和す。

「そういうわけにもいかないから、がぶっと食べてくださいな」

おちよがすすめた。

「ゆで玉子なんて贅沢なもの、そうそう食べられないよ、おそめ」

乾物屋に嫁いだ伯母もうながす。

「なら、多助さんも一緒に」

「ああ」

若い二人は玉子を手に取った。

「相手方を食べたほうがいいかもしれないね」

美濃屋のあるじが言った。

「それもそうですね、旦那さま」

多助はそう言って、おそめとゆで玉子を持ち替えた。

「じゃあ、いくよ」

「うん」

「一《ひ》の二《ふ》の……」

「三《み》っ」

二人はうまく息を合わせ、夫婦雛玉子を口中に投じた。

## 五

さらに宴が進んだところで、またいくたりも客が入ってきた。

そろいの半纏に身を包んだ、よ組の火消し衆だ。

多助とおそめの祝言の日取りは知らせてあった。それに合わせて、のれんをくぐってくれたらしい。

「ちらっと余興に来ただけだから、席はいいよ、おかみ」

かしらの竹一が言った。

「本日はおめでとうさんで」

纏持ちの梅次が言う。

「おめでとうさんで」

若い衆の声がきれいにそろった。

多助とおそめが礼をする。

「余興といいますと、あれですね？」

おちよが笑みを浮かべた。

「ほかに芸がないから」

かしらは渋く笑うと、若い衆を見渡した。

「なら、いくぜ」

「へい」

のどか屋が静まったところで、よ組のかしらの美声が響きはじめた。

江戸のほまれは　数々あれど
一に小料理　のどか屋で……
(やー、ほい)

得意の甚句《じんく》だ。

若い衆がいい調子の合いの手を入れる。

看板娘は　数々おれど
笑顔可愛や　可愛やおそめ……
（やー、ほい）

それを見初めし　美濃屋の多助
小間物問屋の　働き者よ……
（ほい、ほい）

先の大火で　亡くした親の
さては冥途《めいど》の　縁結び……
（やー、ほい）

いついつまでも　末長く
おそめ多助に　幸よあれ……

（やー、ほい）

多助おそめに　恵みあれ……

（ほい、ほい）

ひときわ高い合いの手が入り、甚句が終わった。

「よっ」

「名調子」

花茣蓙から声が飛ぶ。

「ありがたく存じます」

多助とおそめが頭を下げた。

寿司がまだ余っていたので、新たな桶に移し替え、ほかの料理も添えて火消し衆に渡すことになった。

「お待たせいたしました」

おちよが風呂敷包みを渡した。

「これじゃ、なんだか門付け《かどづ》にきたみたいだね」

よ組のかしらがそう言ったから、のどか屋に和気が満ちた。

六

料理は締めに入ってきた。

おそめの友たちに評判が良かったのは、苺汁《いちごじる》だった。

すり身にした海老を玉子の白身でつなぎ、へらで巧みに苺の形にする。へたは青菜でつくる。どこから見ても苺だが、いざ食すと違う。

「食べたら海老の味がする」

「すまし仕立てでおいしい」

ずいぶんと好評だった。

「この柿もうめえな」

「こんなの初めて食ったよ」

多助の朋輩《ほうばい》たちが相好《そうごう》を崩した。

源氏柿《げんじがき》という、一風変わった料理だ。

柿を輪切りにして小麦粉をはたき、衣をつけてさっと揚げる。柿は熱を通すと格段に甘くなってうまい。赤い色が源氏の旗に通じているからその名がついた。見た目も花のようで美しい。

おそめの朋輩もいるから、汁粉まで出した。むろん、わらべも大喜びだ。

「千ちゃん、あしたもたべる」

「今日は祝いごとだからね。また今度ね」

「はあい」

おちよにそう言われて、千吉は不承不承に答えた。

「では、宴もたけなわになってまいりましたが、ここで俳諧師のご隠居に発句《ほっく》を」

満を持していたかのように、おちよが言った。

「ああ、そうか。何も考えてこなかったよ」

隠居は白い髷に手をやった。

「そう言いながら、三日三晩思案してたりするんだぜ」

湯屋のあるじが勝手なことを言う。

「いやいや、ほんとに忘れてたんだ。困ったねえ……」

と言いながら、隠居は座敷のほうを見た。

「なら、今日ははなしということで?」

「そりゃあ、皆が治まらないでしょう」

隣の信兵衛が言った。

「のどか屋の名物の一つですからね」

時吉も言う。

「分かったよ。ならば、出来には目をつぶっておくれ」

隠居はそう言うと、おちよが手回し良く段取りを整えた筆を執り、紙にうなるような達筆でこうしたためた。

　陰膳の酒のひかりや春隣《はるどなり》

春という名がついていても春の季語ではない。これは冬の季語で、すぐ隣にもう春が来ているという風情のある言葉だ。

「ここから見ていると、猪口に注がれた酒がしみじみと光っていて、うるんだ目のように見えたものでね」

隠居の言葉に、多助もおそめも感慨深げにうなずいた。

「なら、おちよさん、この発句にうまく付けておくれ」

隠居は例によって、弟子のおちよに毬を投げた。

「えー、どうしよう」

おちよは困った顔つきになった。

すぐさま付けなければならないから、毎度、知恵を絞らされる。

「おかみさん、しっかり」

おこうが声をかけた。

おちよはうなずき、こめかみに人差し指を押し当てた。

そして、やにわに筆を執ってこうしたためた。

　なつかしき顔この席にゐる

「いるね」

と、隠居は言った。

「みんな、あの世からお祝いに来てくれているよ」

その言葉を聞いて、多助とおそめはいくらかうるんだ目と目を見合わせた。

# 七

「良かったじゃねえか、そりゃ」

一枚板の席に陣取った黒四組のかしらが、いつものようにあんみつ煮をつまみながら言った。

しばらく姿を見せなかった安東満三郎は、当人がちらりと口にした判じ物によると、どうやら影御用で忙しかったらしい。

「『いろはほへと』のやつで、ちょいと取りこんでてよ」

いろはにほへとから一文字だけ抜けている。「に」抜け、すなわち荷抜けというところだった。

「おれが居場所を探し出した初次郎も、いまや大工の弟子ですからね」

おなおの似面と多助の働きもあったのだが、万年同心はちゃっかりおのれの手柄にしてしまった。

「娘がおとっつぁんの跡を継ぎ、おとっつぁんがせがれの跡をついだわけか。ちょいと珍しい話だな」

あんみつ隠密はそう言って、今度はひじきと油揚げの煮物を口中に投じた。

むろん、味醂をどばどばかけて甘くしてある。試しにひと口食した万年同心は、うへえという顔つきになったものだ。

「でも、お忙しいのか、なかなかうちには見えませんね」

おちよが言った。

「なにぶん品川の大工さんだからな。普請のきりがつかないと、ここまで来るのは難儀だろう」

時吉はそう言って、次の肴を出した。

甘藷《かんしょ》の胡麻揚げだ。

胡麻をまぶしてからりと揚げた甘藷は、二通りの味わい方ができる。天つゆにつければひとかどのおかずだが、塩をつけて食せばちょうどいいおやつだ。塩がかえって甘藷の甘みを引き立てる。

しかし……。

あんみつ隠密だけはべつだった。塩の代わりに、ごく当たり前のように砂糖をつけて食したのだ。

「うん、甘え」

お得意のせりふを発したあんみつ隠密の隣で、万年同心がおちよにしか見えないように百面相めいた妙な顔をつくった。

「どうした、おかみ」

安東満三郎が気づいて問う。

「い、いえ、ちょっと思い出し笑いを」

おちよはそう答えてごまかした。

「まあ、なんにせよ、いい按配に収まったじゃねえか」

影御用のほうも首尾よく終わったようで、あんみつ隠密は上機嫌で言った。

「あとは初次郎さんの祝いをすれば、きりがつきます」

時吉は笑顔で言った。

八

それからいくらか経ったある夕まぐれ、そろいの半纏をまとった大工衆がのどか屋ののれんをくぐった。

品川のくじら組だ。

そのなかには、むろんのこと初次郎の姿もあった。

「無沙汰をしておりました。今日は浜松町の普請のきりがついたもので」

晴れやかな顔で、初次郎が告げた。

「こちらの料理のうわさは、初次郎から聞いてました」

棟梁の卯之吉が言った。

いかに年上とはいえ、弟子に違いはない。棟梁は初次郎を呼び捨てにした。

「さようですか。あいにく今日はお出しできるものにかぎりがあるのですが」

少しあいまいな顔つきで、時吉は言った。

先だっての多助とおそめの祝言のように、あらかじめ日取りが決まっているのなら念入りに支度を整え、いろいろと凝った料理も出せるのだが、だしぬけだとそういうわけにもいかない。

「ありものでいいぜ、あるじ」

棟梁は鷹揚に言った。

「うめえ酒と肴があれば、凝ったものはいらねえ」

「承知しました」

時吉は一つうなずき、昨日から仕込んでいた肴の盛り付けにかかった。

蛸大根だ。

蛸の足をやわらかくするには、大根でたたいてやるのがいちばんだ。その大根も蛸と一緒に煮ると、味を含んでうまい煮物になる。

それから、牡蠣飯《かきめし》も出した。

ぷりぷりした江戸前の牡蠣をふんだんに使った飯だ。昆布の水だしを米に存分に含ませて炊くと、忘れられない仕上がりになる。

「うめえな」

「構えた支度をしてなくてもこれか」

「さすがはのどか屋だな」

大工衆の評判は上々だった。

「ところで、初次郎」

酒と肴がだいぶすすんだところで、棟梁が切り出した。

「へい、何でしょう」

「おめえさん、せがれの形見の鉋をいつもふところに入れてるが、いくら仕上げ用の小ぶりの鉋だと言っても、ちと邪魔になりゃしねえか」

「ああ、そりゃおいらも思ってた」

片腕の辰助が言った。

「気持ちは分かるが、これから先、どんどん難しい仕事をやってもらわきゃならねえ。うっかり落っことして、だれかの頭にでも当たったら事だぞ」

古参の大工がそう忠告する。

「へい……そりゃ、そうなんですが、御守りみてえに持ってたもんで」

初次郎はあいまいな顔つきになった。

「毎日持ち歩かなくったって、せがれはちゃんと見てるさ。いつもおとっつぁんのそばにいる」

涙もろい棟梁は、そう言って少し洟《はな》をすすった。

「これから先、高えところに上がってもらうこともあるだろう。大工にとって、身のこなしはいちばんだ。形見の鉋は長屋に置いておきな」

「……承知しました」

いくらか思案してから、初次郎は従った。

「ただ、せがれの鉋をいつか使ってやりたいと、だいぶ前から思案してまして」

「腕が上がれば、いくらでも使えるさ」

くじら組の棟梁は笑みを浮かべた。

「それだったら……」

時吉がふと思いついて言った。

ちょうど千吉が「とんとん」の稽古の途中だった。いまは人参を刻んでいる。

「このわらべ用のまな板は、べつにあつらえたものじゃなく、そのへんの板切れを切ってこしらえたものです。しばらく出番がないのでしたら、千吉のまな板に磨きをかけていただけないでしょうか」

「おう、そりゃあいい」

卯之吉がすぐさま乗ってきた。

のどか屋の跡取り息子のかわいい料理人ぶりは、大工衆の心をたちどころにつかんでいた。

「千吉、まな板に鉋をかけておもらい」

おちよが声をかけた。

「まな板に？」

わらべ用の包丁を動かす手を取め、千吉が訊いた。

「そうだ。その鉋を使ってたお兄ちゃんは、大工の名人だったんだぞ」

時吉がそう告げると、棟梁と初次郎が同じように瞬きをした。

「うん。じゃあ、お願い」

だいぶ大人びた口調で、千吉は言った。

「なら、やらせてもらいまさ」

初次郎は時吉とおちよに断り、千吉のまな板をていねいに洗って拭いた。

おちよから手ぬぐいをもらい、まな板の下に敷く。鉋屑をすぐ捨てられるようにするためだ。

「ほっ」

初次郎は一つ気合を入れた。

そして、心をこめて、ほまれの指を動かしだした。

この鉋を動かすはずだった初助の手が、おのれの手にふわりと重ね合わされているかのようだった。

初次郎はなおも、一心に鉋を動かしていった。

「これでよござんしょう」

千吉のまな板は、見違えるようにきれいになっていた。

「ありがたく存じました、おじさん」

わらべが元気に礼を言った。

歳を食った新米の大工は笑って答えた。

「礼はこの鉋に言いな」

「うん」

初次郎はもう一度鉋を見た。

そして、情のこもった声で告げた。

「またいずれ使ってやるからな。それまで休んでな」

# 終章　江戸雑煮

## 一

「やれやれ、正月から大変だったね」

隠居の季川がそう言って、猪口の酒を呑み干した。

「ほんとに、おめでたかったのは元日だけでしたから」

おちよが顔を曇らせた。

「二度あることは三度あるかと思いました」

時吉がため息まじりに言った。

明けて天保三年になった。

だが、めでたかるべき正月の安寧《あんねい》は元日だけだった。

　二日にやにわに火事が起きたのだ。

　五郎兵衛町《ごろべえちょう》から出た火は、北紺屋町《きたこんやちょう》や南伝馬町《みなみてんまちょう》などを焼き、からくも鎮《しず》まった。風向きが変わっていたら、ここ横山町も安閑としてはいられないところだった。

「まあ、正月祝いの仕切り直しだね」

　隠居が笑みを浮かべた。

　旅籠付きの小料理屋だから、正月も休みはない。初詣のために江戸へ出てくる者も多いから、旅籠は書き入れ時だ。ここで休む手はない。

「そうですね。気を換えてまいりましょう」

　おちよが答えた。

　表から千吉が遊ぶ声が響いてくる。

「わあ、高い高い」

　わらべの相手をしているのは長吉だ。

　料理人らしく器用な長吉は、巧みに凧をつくる。孫のために、手づくりの凧を揚げてやっているところだった。

　長吉屋は長めに正月休みを取る。江戸の近辺から修業に来ている弟子も多い。そういった者たちを親元に帰し、ゆっくりさせてやろうという計らいだ。

「今度はおめえがやってみな。足が治ってきたからできるだろう」

長吉がそう言う声が聞こえたから、おちよがあわてて外に出た。

「駄目よ、おとっつぁん。まだ走ったりしたら転んじゃうから」

「歳だから、ちょいと息が切れたんでな」

長吉が苦笑いを浮かべた。

「あっ、平ちゃん」

千吉が声をあげた。

今日の万年平之助は得意の目鬘売りだ。馬の目鬘をさっと外して笑う。

「ばれたか」

「まるわかりだよ」

わらべがすぐさま言う。

「いっちょまえのことを言うようになったじゃねえか」

隠密廻りの同心がまた表情を崩した。

「お雑煮がありますけど、よろしかったら」

おちよがすすめる。

「おう。なら、縁起物を食っていくか」

万年同心は、いなせなしぐさでのれんをくぐった。

二

「そうですか。おしんちゃんは元気そうで」

旅籠の支度から戻ってきたおけいが笑みを浮かべた。

「あの按配なら、案じることはねえな。……ああ、うまかった」

万年同心が箸を置いた。

焼き角餅に、削り節が踊るあつあつのすまし汁。それに、車海老に紅白の蒲鉾《かまぼこ》、小松菜に柚子《ゆず》の皮。彩りも豊かな自慢の江戸雑煮だ。

本郷を見廻っているとき、万年同心は版木職人の仕事場をのぞいてみた。その話によると、おしんは一生懸命、修業に励んでいるらしい。

「お父さんの跡は継げそうでしょうか」

時吉が問う。

「とにかく筋がいいって、親方が感心してたくらいだからな」

同心が答えた。

「まあ、それは良かった」

「思い切って版木職人を志して良かったですね」

おちよとおけいの笑顔が向かい合った。

「そうだね。いちばん尊いのは志だ」

隠居がうなずく。

「それから、のどか屋仕込みの豆腐飯をしょっちゅうつくってるそうだ。親方も職人衆も礼を言っといってくれってよ」

「そうですか。教えた甲斐がありました」

時吉は笑みを浮かべた。

「それに、ここだけの話だがよ」

今度は二人の女に向かって、万年同心は心持ち声を落として言った。

「そのうち、多助とおそめみたいな按配になるぜ、おしんは」

謎をかけるように言う。

「と言いますと？」

おちよが問うた。

「こう見えても、人を見る目はあるんだ。若え版木職人と、そのうち所帯を持ったりするぜ」

「すると、おしんちゃんはいい仲の人がいると？」

　おけいが身を乗り出してきた。

「おれの目にはそう見えたな。利三っていう職人といずれ添うだろうよ」

　万年同心はそう言うと、おどけて馬の目鬘をさっとかざした。

「だったら、万々歳だね」

　と、隠居。

「そのうち、初次郎さんがひとかどの大工になって、娘夫婦の家を建てたりしてくれますね」

　時吉が気の早いことを言った。

「それで、孫が生まれて……」

　おちよが表のほうを見た。

　また千吉の声が響いてきたのだ。

「一緒に凧揚げをしたりするようになるよ」

　隠居がそう言ったから、のどか屋に和気が満ちた。

三

「おう、そうやるんだ」

表の酒樽に腰かけた長吉が、千吉に声をかけた。

「こう？」

わらべが糸をたぐる。

いくらか風が出てきたから、無理に走ったりしなくても、風向きによっては少し揚がるようになった。

もとより大きな凧ではない。

長吉がしたためた字が一つ記されているだけだった。

そこはかとない淑気《しゅくき》を含む正月の風に吹かれて、小ぶりの凧が揚がっては落ちる。

そのさまを、のどか屋の猫たちが興味深げに見守っていた。

「あっ、だめよ、しょうちゃん」

千吉が凧を取ろうとした黒猫をたしなめた。

ついこないだまで、母猫のゆきが首根っこをくわえて運んでいたと思ったら、いつのまにかいっぱしの猫らしい体つきになってきた。

「おや、これは」

今度は長吉が声を発した。

「あっ、先生」

千吉も気づいた。

のどか屋に姿を現したのは、春田東明だった。

千吉の手習いの師匠だ。長吉屋の客筋の一人だから、古参の料理人とは見知り越しの仲だった。

「無沙汰をしております。こちらがのどか屋さんですね？」

つややかな総髪の男が、はっきりとした言葉づかいでたずねた。

「うん、ここがのどか屋だよ」

千吉が自慢げに答えた。

「千吉さんのおうちだね。一度来たいと思っていたんだ。案内してくれるかな」

「うん！」

跡取り息子は元気よく答えた。

# 四

「そうですか。居眠りはしておりませんか」

寺子屋での千吉の様子を聞いた時吉は、ほっとしたように言った。

「はは、眠そうな顔をしているときもありますが、千吉さんはまじめに聞いてくれていますよ」

春田東明はわらべにもていねいに「さん」をつける。

「このところは、手習いの友達もいくたりかできたようで」

おちよが言った。

「千吉さんは明るい子ですから、これからも友達はどんどんできますよ」

手習いの師匠は太鼓判を捺した。

「わらべだけじゃなく、大人も教えてるそうですね」

隣に座った隠居が言った。

「ええ。儒学がもっぱらですが、請われれば、わたくしの分かる範囲で蘭学などの伝授もさせていただいております」

　春田東明は涼やかなまなざしで答えた。歳は三十をいくらか出たくらいか、まごうかたない知の光を底にたたえた、いい目つきをしている。

「いくつになっても学ぶことはある。何かを始めようとするのに遅すぎることはない。先生のその教えを千吉がここで伝えたところ、亡くなった息子さんの跡を継いで大工の修業を始めた人がいます」

　時吉は初次郎の話を伝えた。

「さようですか。それはいい襷《たすき》をつなぐことができました」

　春田東明は笑顔を見せた。

「襷をつなぐ？」

　おちよが小首をかしげた。

「おかみさんはいま、茜の襷を架け渡しておられますね？」

　儒学者が軽く指さした。

「ええ」

「その襷には、いろいろな思いがこもっているはずです。その襷をだれかにつなげば、思いも必ずや伝わるはずです。ある教えも、ひいては学問も、そのように伝えられていくものでしょう」

春田東明はそう言うと、背筋を伸ばしたまま茶を少し呑んだ。

すでに料理はお出しした。名物の豆腐飯も、今日の顔の江戸雑煮も、いたく気に入った様子だった。

おいしいものを食べると、学者もただの人も変わりがない。本当に幸せそうな顔つきになる。

「なるほど、襷の思いをだれかに」

おちよは感慨深げに茜の襷に触れた。

「亡くなった人の思いも、そうやって伝えられていくのかもしれませんね」

時吉はそう言って、おのれが手にしている物を見た。

包丁だ。

いつになるか分からないが、それはわが形見になるだろう。その形見の包丁を使って、千吉がこの厨でのどか屋の料理をつくるだろう。

「そのとおりです」

春田東明は言った。

「人は死んでもそれで終わりではありません。その思いは、さまざまなかたちで、後に残された者に伝えられていくのです」

その言葉を聞いて、時吉もおちよも深くうなずいた。

「いい先生を見つけたね」

隠居の白い眉が下がった。

「今後とも、よしなにお願いいたします」

時吉が頭を下げた。

「こちらこそ。おいしいものをいただきにうかがいますよ」

春田東明はさわやかな笑顔になった。

五

「先生、さよなら」

千吉が手を振った。

「ああ、さよなら。風邪を引かずに、また元気に来てね」

春田東明が答える。

「なら、またうちにもお越しくださいよ」

長吉が言った。

「はい、まいります」

儒学者はそう答え、きびきびとした歩みで去っていった。

泊まり客は初詣からまだ帰ってこない。のどか屋に凪《なぎ》のような時が来た。

「凧揚げ、上手になったか？」

時吉が出てきて、千吉にたずねた。

「うん」

千吉は凧糸を引っ張ったが、長吉の字が記された凧はすぐ地面に落ちてしまった。

「おかあにも見せて」

おちよも出てきて言った。

「千ちゃん、しっかり」

掃除を終えたおけいとおそめも見守る。

「勢いをつけてやんな」

長吉が孫に言った。

「うん！」

ひときわ力強い声を発すると、千吉は凧をかざしてやにわに動きだした。

そのさまを見て、時吉もおちよも思わず目を瞠った。

左足にはまだ添え木のような道具をつけているとはいえ、いままでの動きとは明らかに違った。

千吉は、走ったのだ。

ほんの数歩だけだが、たしかに千吉は走った。

それとともに、凧もふわりと浮いた。

短いあいだだけだが、正月の江戸の空に、小さな凧はたしかに揚がった。

「千吉、すごいぞ」

時吉は声をあげて駆け寄った。

「走ったよ、おとう」

千吉は父の胸に飛びこんだ。

「走れたのね、千吉」

おちよは急に涙声になった。

まともに歩くことも難しかろうと言われ、ずいぶん案じてきたわが子が、いま目の前で走ったのだ。

「えれえぞ、千吉。凧も揚がったな」

長吉が歩み寄り、くしゃくしゃにならないように小ぶりの凧を手に取って時吉に渡した。

「良かったわね」

「これでもう安心」

おけいとおそめが笑う。

「よし、今度はおとうが揚げてやろう」

時吉はそう言うと、凧をかざして走り出した。

「高く揚げて」

千吉が身ぶりをまじえて言う。

「見てな」

ほどなく、のどか屋の前で凧が舞った。

心地いい風を受け、江戸の空を凧が舞う。

そこには、「吉」と記されていた。

今年一年、いいことがありますようにという願いをこめて、長吉が三代の名にちなんでしたためた文字だ。

「おとう、もっと高く」

千吉がせがむ。

「おう」

たしかな凧の手ごたえを感じながら、時吉は凧の糸を力強く引いた。

# [参考文献一覧]

志の島忠『割烹選書　秋の献立』（婦人画報社）
福田浩、松下幸子『料理いろは庖丁　江戸の肴、惣菜百品』（柴田書店）
土井勝『日本のおかず五〇〇選』（テレビ朝日事業局出版部）
土井勝『野菜のおかず』（家の光協会）
金田禎之『江戸前のさかな』（成山堂書店）
松井魁『日本料理技術選集　うなぎの本』（柴田書店）
田中博敏『お通し前菜便利帳』（柴田書店）
『一流料理長の和食宝典』（世界文化社）
『人気の日本料理2　一流板前が手ほどきする春夏秋冬の日本料理』（世界文化社）
現代語訳・料理再現、奥村彪生『万宝料理秘密箱』（ニュートンプレス）
『和幸・高橋一郎のちいさな懐石』（婦人画報社）

岡田哲『たべもの起源事典　日本編』（ちくま学芸文庫）
道場六三郎『鉄人のおかず指南』（中公文庫ビジュアル版）
畑耕一郎『プロのためのわかりやすい日本料理』（柴田書店）
料理＝福田浩、撮影＝小沢忠恭『江戸料理をつくる』（教育社）
鈴木登紀子『手作り和食工房』（グラフ社）
野崎洋光『和のおかず決定版』（世界文化社）
『笠原将弘の30分で和定食』（主婦の友社）

『復元・江戸情報地図』（朝日新聞社）
日置英剛編『新国史大年表　五-Ⅱ』（国書刊行会）
今井金吾校訂『定本武江年表』（ちくま学芸文庫）
大森洋平『考証要集　秘伝！　ＮＨＫ時代考証資料』（文春文庫）
北村一夫『江戸東京地名辞典　芸能・落語編』（講談社学術文庫）
ホームページ「浮世絵のアダチ版画」
「組新聞」vol. 57（建築工房クーム）

時代小説
二見時代小説文庫

# ほまれの指《ゆび》　小料理《こりょうり》のどか屋《や》　人情帖《にんじょうちょう》17

著者　倉阪《くらさか》鬼《き》一郎《いちろう》

発行所　株式会社　二見書房
東京都千代田区三崎町二-一八-一一
電話　○三-三五一五-二三一一［営業］
○三-三五一五-二三一三［編集］
振替　○○一七○-四-二六三九

印刷　株式会社　堀内印刷所
製本　株式会社　村上製本所


ISBN978-4-576-16097-9
http://www.futami.co.jp/

## 人生の一椀 小料理のどか屋 人情帖1
倉阪鬼一郎［著］

もう武士に未練はない。一介の料理人として生きる。一椀、一膳が人のさだめを変えることもある。剣を包丁に持ち替えた市井の料理人の心意気、新シリーズ！

## 倖せの一膳 小料理のどか屋 人情帖2
倉阪鬼一郎［著］

元は武家だが、わけあって刀を捨て、包丁に持ち替えた時吉の「のどか屋」に持ちこまれた難題とは…。心をほっこり暖める時吉とおちよの小料理。感動の第2弾！

## 結び豆腐 小料理のどか屋 人情帖3
倉阪鬼一郎［著］

天下一品の味を誇る長屋の豆腐屋の主が病で倒れた。このままでは店は潰れる…。のどか屋の時吉と常連客は起死回生の策で立ち上がる。表題作の他に三編を収録

## 手毬寿司 小料理のどか屋 人情帖4
倉阪鬼一郎［著］

江戸の町に強風が吹き荒れるなか上がった火の手。店を失った時吉とおちよは無料炊き出し屋台を引いて復興への一歩を踏み出した。苦しいときこそ人の情が心にしみる！

## 雪花菜飯《きらずめし》 小料理のどか屋 人情帖5
倉阪鬼一郎［著］

大火の後、神田岩本町に新たな小料理の店を開くことができた時吉とおちよ。だが同じ町内にけれん料理の黄金屋金多が店開きし、意趣返しに「のどか屋」を潰しにかかり…

## 面影汁 小料理のどか屋 人情帖6
倉阪鬼一郎［著］

江戸城の将軍家斉から出張料理の依頼！ 隠密・安東満三郎の案内で時吉は江戸城へ。家斉公には喜ばれたものの、知ってはならぬ秘密の会話を耳にしてしまった故に…

## ほっこり宿　小料理のどか屋 人情帖13

倉阪鬼一郎［著］

大火で焼失したのどか屋は、さまざまな人の助けも得て旅籠付きの小料理屋として再開することになった。「ほっこり宿」と評判の宿に、今日も訳ありの家族客が…。

## 江戸前祝い膳　小料理のどか屋 人情帖14

倉阪鬼一郎［著］

十四歳の娘を連れた両親が宿をとった。娘は兄の形見の絵筆を胸に、根岸の老絵師の弟子になりたいと願うが。同じ日、上州から船大工を名乗る五人組が投宿して…。

## ここで生きる　小料理のどか屋 人情帖15

倉阪鬼一郎［著］

のどか屋に網元船宿の跡取りが修業にやって来た。その由吉、腕はそこそこだが魚の目が怖くてさばけないという。ある日由吉が書置きを残して消えてしまい…。

## 天保つむぎ糸　小料理のどか屋 人情帖16

倉阪鬼一郎［著］

桜の季節、時吉は野田の醤油醸造元から招かれ、息子千吉を連れて出張料理に出かけた。その折、足を延ばした結城で店からいい香りが…。そこにはもう一つのどか屋が⁉

## 不殺《ふさつ》の剣　神道無念流 練兵館1

牧 秀彦［著］

北辰一刀流の玄武館と人気を二分する練兵館の玄関に讃岐の丸亀城下から出奔してきた若者が入門を請うた。何やら秘めたる決意を胸に……。剣豪小説第1弾！

## 火の玉同心 極楽始末　木魚の駆け落ち

聖 龍人［著］

駒桜丈太郎は父から定町廻り同心を継いだ初出仕の日、奇妙な事件に巻き込まれた。辻売り絵草紙屋「おろち屋」、御用聞き利助の手を借り、十九歳の同心が育ってゆく！

## 世直し隠し剣 婿殿は山同心1

氷月 葵［著］

八丁堀同心の三男坊・禎次郎は婿養子に入り、吟味方下役をしていたが、上野の山同心への出向を命じられた。初出仕の日、お山で百姓風の奇妙な三人組が……。

## 首吊り志願 婿殿は山同心2

氷月 葵［著］

不忍池の端で若い男が殺されているのに出くわした上野の山同心・禎次郎。事件の背後で笑う黒幕とは？ 禎次郎の棒手裏剣が敵に迫る！ 大好評シリーズ第2弾！

## けんか大名 婿殿は山同心3

氷月 葵［著］

ひょんなことから、永年犬猿の仲の大名家から密かに仲裁を頼まれた山同心・禎次郎。諍いつづける両家の諍いの種は、葵御紋の姫君……!? 頑な心を解すのは？

## 闇公方《やみくぼう》の影 旗本三兄弟 事件帖1

藤 水名子［著］

幼くして父を亡くし、母に厳しく育てられた、徒目付組頭の長男・太一郎、用心棒の次男・黎二郎、学問所に通う三男・順三郎。三兄弟が父の死の謎をめぐる悪に挑む！

## 徒目付《かちめつけ》密命 旗本三兄弟 事件帖2

藤 水名子［著］

徒目付組頭としての長男太一郎の初仕事は、若年寄からの密命！ 旗本相手の贋作詐欺が横行し、太一郎は、敵をあぶりだそうとするが、逆に襲われてしまい……。

## 六十万石の罠 旗本三兄弟 事件3

藤 水名子［著］

尾行していた吟味役の死に、犯人として追われる太一郎。何者が何故、徒目付を嵌めようとするのか!? お役目一筋が裏目の闇に見えぬ敵を両断できるか！ 第3弾！